El Mercader de Venecia

Por

William Shakespeare

PERSONAJES

EL DUX DE VENECIA, pretendiente de Porcia.

EL PRÍNCIPE DE MARRUECOS, pretendiente de Porcia.

EL PRÍNCIPE DE ARAGÓN, pretendiente de Porcia.

ANTONIO, mercader de Venecia.

BASSANIO, amigo suyo.

GRACIANO, amigo de Antonio y Bassanio.

SALANIO, amigo de Antonio y Bassanio.

SALARINO, amigo de Antonio y Bassanio.

LORENZO, enamorado de Jessica.

SHYLOCK, judío rico.

TUBAL, judío, amigo suyo.

LAUNCELOT GOBBO,   bufón, criado de Shylock.

EL VIEJO GOBBO, padre de Launcelot.

LEONARDO, criado de Bassanio.

BALTASAR, criado de Porcia.

STEPHANO, criado de Porcia.

PORCIA, rica heredera.

NERISSA, doncella suya.

JESSICA, hija de Shylock.

Magníficos de Venecia, Funcionarios del Tribunal de Justicia, un Carcelero, Criados de PORCIA y otras personas del acompañamiento.

ESCENA. -Parte en Venecia y parte en Belmont, residencia de PORCIA, en el Continente.

Acto Primero

Escena I

Venecia. -Una calle.

Entran ANTONIO, SALARINO y SALANIO.

ANTONIO.- En verdad, ignoro por qué estoy tan triste. Me inquieta. Decís que a vosotros os inquieta también; pero cómo he adquirido esta tristeza, tropezado o encontrado con ella, de qué substancia se compone, de dónde proviene, es lo que no acierto a explicarme. Y me ha vuelto tan pobre de espíritu, que me cuesta gran trabajo reconocerme.

SALARINO.- Vuestra imaginación se bambolea en el océano, donde vuestros enormes galeones, con las velas infladas majestuosamente, como señores ricos y burgueses de las olas, o, si lo preferís, como palacios móviles del mar, contemplan desde lo alto de su grandeza la gente menuda de las pequeñas naves mercantes, que se inclinan y les hacen la reverencia cuando se deslizan por sus costados con sus alas tejidas.

SALANIO.- Creedme, señor; si yo corriera semejantes riesgos, la mayor parte de mis afecciones se hallaría lejos de aquí, en compañía de mis esperanzas. Estaría de continuo lanzando pajas al aire para saber de dónde viene el viento. Tendría siempre la nariz pegada a las cartas marinas para buscar en ellas la situación de los puertos, muelles y radas; y todas las cosas que pudieran hacerme temer un accidente para mis cargamentos me pondrían indudablemente triste.

SALARINO.- Mi soplo, al enfriar la sopa, me produciría una fiebre, cuando me sugiriera el pensamiento de los daños que un ciclón podría hacer en el mar. No me atrevería a ver vaciarse la ampolla de un reloj de arena, sin pensar en los bajos arrecifes y sin acordarme de mi rico bajel Andrés, encallado y ladeado, con su palo mayor abatido por encima de las bandas para besar su tumba. Si fuese a la iglesia, ¿podría contemplar el santo edificio de piedra, sin imaginarme inmediatamente los escollos peligrosos que, con sólo tocar los costados de mi hermosa nave, desperdigarían mis géneros por el océano y vestirían con mis sedas a las rugientes olas, y, en una palabra, sin pensar que yo, opulento al presente, puedo quedar reducido a la nada en un instante? ¿Podría reflexionar en estas cosas, evitando esa otra consideración de que, si sobreviniera una desgracia semejante, me causaría tristeza? Luego, sin necesidad de que me lo digáis, sé que Antonio está triste porque piensa en sus mercancías.

ANTONIO.- No, creedme; gracias a mi fortuna, todas mis especulaciones no van confiadas a un solo buque, ni las dirijo a un solo sitio; ni el total de mi riqueza depende tampoco de los percances del año presente; no es, por tanto, la suerte de mis mercancías lo que me entristece.

SALARINO.- Pues entonces es que estáis enamorado.

ANTONIO.- ¡Quita, quita!

SALARINO.- ¿Ni enamorado tampoco? Pues convengamos en que estáis triste porque no estáis alegre, y en que os sería por demás grato reír, saltar y decir que estáis alegre porque no estáis triste. Ahora, por Jano, el de la doble cara, la Naturaleza se goza a veces en formar seres raros. Los hay que están siempre predispuestos a entornar los ojos y a reír como una cotorra delante de un simple tocador de cornamusa, y otros que tienen una fisonomía tan avinagrada, que no descubrirían sus dientes para sonreír, aun cuando el mismo grave Néstor jurara que acababa de oír una chirigota regocijante.

SALANIO.- Aquí llega Bassanio, vuestro nobilísimo pariente, con Graciano y Lorenzo. Que os vaya bien; vamos a dejaros en mejor compañía.

SALARINO.- Me hubiera quedado con vos hasta veros recobrar la alegría, si más dignos amigos no me relevaran de esa tarea.

ANTONIO.- Vuestro mérito es muy caro a mis ojos. Tengo la seguridad de que vuestros asuntos personales os reclaman, y aprovecháis esta ocasión para partir.

(Entran BASSANIO, LORENZO y GRACIANO.)

SALARINO.- Buenos días, mis buenos señores.

BASSANIO.- Buenos signiors, decidme uno y otro: ¿cuándo tendremos el placer de reír juntos? ¿Cuándo, decidme? Os habéis puesto de un humor singularmente retraído. ¿Está eso bien?

SALARINO.- Dispondremos nuestros ocios para hacerlos servidores de los vuestros.

(Salen SALARINO y SALANIO.)

LORENZO.- Señor Bassanio, puesto que os habéis encontrado con Antonio, vamos a dejaros con él; pero a la hora de cenar, acordaos, os lo ruego, del sitio de nuestra reunión.

BASSANIO.- No os faltaré.

GRACIANO.- No poseéis buen semblante, signior Antonio; tenéis demasiados miramientos con la opinión del mundo; están perdidos aquellos que la adquieren a costa de excesivas preocupaciones. Creedme, os halláis extraordinariamente cambiado.

ANTONIO.- No tengo al mundo más que por lo que es, Graciano: un teatro donde cada cual debe representar su papel, y el mío es bien triste.

GRACIANO.- Represente yo el de bufón. Que las arrugas de la vejez vengan en compañía del júbilo y de la risa; y que mi hígado se caliente con vino antes que mortificantes suspiros enfríen mi corazón. ¿Por qué un hombre cuya sangre corre cálida en sus venas ha de cobrar la actitud de su abuelo, esculpido en estatua de alabastro? ¿Por qué dormir cuando puede velar y darle ictericia a fuerza de mal humor? Te lo digo, Antonio, te aprecio, y es mi afecto el que te habla. Hay una especie de hombres cuyos rostros son semejantes a la espuma sobre la superficie de un agua estancada, que se mantienen en un mutismo obstinado, con objeto de darse una reputación de sabiduría, de gravedad y profundidad, como si quisieran decir: «Yo soy el señor Oráculo, y cuando abro la boca, que ningún perro ladre.» ¡Oh, mi Antonio! Sé de esos que solo deben su reputación de sabios a que no dicen nada, y que si hablaran inducirían, estoy muy cierto, a la condenación a aquellos de sus oyentes que se inclinan a tratar a sus hermanos de locos. Te diré más sobre el asunto en otra ocasión; pero no vayas a pescar con el anzuelo de la melancolía ese gobio de los tontos, la reputación. Venid, mi buen Lorenzo. Que lo paséis bien, en tanto. Acabaré mis exhortaciones después de la comida.

LORENZO.- Bien; os dejaremos entonces hasta la hora de comer. Yo mismo habré de ser uno de esos sabios mudos, pues Graciano nunca me deja hablar.

GRACIANO.- Bien; hazme compañía siquiera dos años, y no conocerás el timbre de tu propia voz.

ANTONIO.- Adiós; esta conversación acabará por hacerme charlatán.

GRACIANO.- Tanto mejor, a fe mía; pues el silencio no es recomendable más que en una lengua de vaca ahumada y en una doncella que no pudiera venderse.

(Salen GRACIANO y LORENZO.)

ANTONIO.- ¿Todo eso tiene algún sentido?

BASSANIO.- Graciano es el hombre de Venecia que gasta la más prodigiosa cantidad de naderías. Su conversación se asemeja a dos granos de trigo que se hubiesen perdido en dos fanegas de paja; buscaríais todo un día antes de hallarlos, y cuando los hubierais hallado, no valdrían el trabajo que os había costado vuestra rebusca.

ANTONIO.- Exacto; ahora, decidme: ¿quién es esa dama por la que habéis hecho voto de emprender una secreta peregrinación, de que me prometisteis informar hoy?

BASSANIO.- No ignoráis, Antonio, hasta qué punto he disipado mi fortuna por haber querido mantener un boato más fastuoso del que me permitían mis débiles medios. No me aflige verme obligado a cesar en ese plan de vida, sino que mi principal interés consiste en salir con honor de las deudas enormes que mi juventud, a veces demasiado pródiga, me ha hecho contraer. A vos es, Antonio, a quien debo más en cuanto a dinero y amistad, y con vuestra amistad cuento para la ejecución de los proyectos y de los planes que me permitirán desembarazarme de todas mis deudas.

ANTONIO.- Os lo ruego, mi buen Bassanio, hacédmelos conocer, y si se hallan de acuerdo con el honor, que sé os es habitual, tened por seguro que mi bolsa, mi persona, mis últimos recursos, en fin, estarán todos a vuestro servicio en esta ocasión.

BASSANIO.- En el tiempo en que yo era colegial, si me sucedía perder una flecha, lanzaba otra, de un alcance igual, en la misma dirección, observándola más cuidadosamente, de manera que descubriese la primera; y así, arriesgando dos, encontraba a menudo las dos. Pongo por delante esta reminiscencia infantil porque se acuerda muy bien con la petición llena de candor que voy a haceros. Os debo mucho, y, por faltas de mi juventud demasiado libre, lo que os debo está perdido; pero si os place lanzar otra flecha en la dirección que habéis lanzado la primera, como vigilaré su vuelo, no dudo que, o volveré a encontrar las dos, o, cuando menos, podré restituiros la última aventurada, quedando vuestro deudor agradecido por la primera.

ANTONIO.- Me conocéis bien, y, por tanto, perdéis vuestro tiempo conmigo en circunloquios. Me hacéis incontestablemente más daño poniendo en duda la absoluta sinceridad de mi afecto, que si hubieseis dilapidado mi fortuna entera. Decidme, pues, simplemente lo que debo hacer, lo que puedo hacer por vos, según vuestro criterio, que estoy dispuesto a realizarlo; por consiguiente, hablad.

BASSANIO.- Hay en Belmont una rica heredera; es bella, y más bella aún de lo que esta palabra expresa, por sus maravillosas virtudes. Varias veces he recibido de sus ojos encantadores mensajes sin palabras. Su nombre es Porcia. No cede en nada a la hija de Catón, la Porcia de Bruto. Y el vasto mundo tampoco ignora lo que vale; porque los cuatro vientos le llevan de todos los confines pretendientes de renombre. Sus rizos color de sol caen sobre sus sienes como un vellocino de oro, lo que hace de su castillo de Belmont un golfo de Colcos, donde una multitud de jasones desembarcan para conquistarla. ¡Oh, Antonio mío! Si tuviese siquiera los medios de sostenerme contra uno de ellos en calidad de rival, algo me hace presagiar que defendería tan bien mi causa, que incuestionablemente resultaría vencedor.

ANTONIO.- Sabes que toda mi fortuna está en el mar y que no tengo ni dinero ni proporciones de levantar por el momento la suma que te sería necesaria. En consecuencia, inquiere; averigua el alcance de mi crédito en Venecia; estoy dispuesto a agotar hasta la última moneda para proveerte de los recursos que te permitan ir a Belmont, morada de la bella Porcia. Ve sin tardanza a enterarte dónde se puede encontrar dinero; haré lo mismo por mi lado, y no dudo que lo encuentre, sea por mi crédito, sea en consideración a mi persona.

(Salen.)

Escena II

Belmont. -Una habitación en la casa de PORCIA.

Entran PORCIA y NERISSA.

PORCIA.- Bajo mi palabra, Nerissa, que mi pequeña persona está fatigada de este gran mundo.

NERISSA.- Tendríais razón para estarlo, dulce señora, si vuestras miserias fuesen tan abundantes como vuestras prosperidades, y, sin embargo, por lo que veo, aquellos a quienes la hartura da indigestiones están tan enfermos como los que el vacío les hace morir de hambre. No es mediana dicha en verdad la de estar colocado ni demasiado arriba ni demasiado abajo; lo superfluo torna más aprisa los cabellos blancos; pero el sencillo bienestar vive más largo tiempo.

PORCIA.- Buenas máximas y bien expresadas.

NERISSA.- Valdrían más si estuvieran bien observadas.

PORCIA.- Si hacer fuese tan fácil como saber lo que es preferible, las capillas serían iglesias, y las cabañas de los pobres, palacios de príncipes. El buen predicador es el que sigue sus propios preceptos; para mí, hallaría más fácil enseñar a veinte personas la senda del bien, que ser una de esas veinte personas y obedecer a mis propias recomendaciones. El cerebro puede promulgar a su gusto leyes contra la pasión; pero una naturaleza ardiente salta por encima de un frío decreto; la loca juventud se asemeja a una liebre en franquear las redes del desmedrado buen consejo. Pero este razonamiento de nada me vale para ayudarme a escoger un esposo. ¡Oh, qué palabra, qué palabra ésta: «escoger»! No puedo ni escoger a quien me agrade, ni rehusar a quien deteste; de tal modo está doblegada la voluntad de una hija viviente por la voluntad de un padre muerto. ¿No es duro, Nerissa, que no pueda ni escoger ni rehusar a nadie?

NERISSA.- Vuestro padre fue siempre virtuoso, y los hombres sabios tienen a su muerte nobles inspiraciones; es, pues, evidente que la lotería que ha imaginado con estos tres cofres de oro, de plata y de plomo (en virtud de la cual quienquiera que adivine su pensamiento obtendrá vuestra mano) no será rectamente comprendida más que por un hombre que os ame rectamente. Pero ¿cuál es la medida de vuestro afecto por esos pretendientes principescos que han venido ya?

PORCIA.- Te lo ruego, recítame la lista de sus nombres; según los enumeres te haré la descripción de ellos, y esta descripción te dará la medida de mi afecto.

NERISSA.- Primero está el príncipe napolitano.

PORCIA.- Sí, es un verdadero potro, pues no hace más que hablar de su caballo y señala entre el número de sus principales méritos el arte de herrarle por sí. Mucho me temo que su señora madre no haya claudicado con un herrador.

NERISSA.- Viene en seguida el conde palatino.

PORCIA.- No hace más que fruncir el entrecejo, como un hombre que quisiera decir: «Si no me amáis, declaradlo». Oye sin sonreír siquiera las anécdotas más divertidas; temo que al envejecer no represente el tipo del filósofo compungido, cuando tan lleno de desoladora tristeza está en su juventud. Preferiría entregarme a una calavera con un hueso entre los dientes, que a cualquiera de esos dos. ¡Que el cielo me libre de ambos!

NERISSA.- ¿Qué decís del señor francés, monsieur Le Bon?

PORCIA.- Dios le ha creado, y, por consiguiente, debe pasar por hombre. En verdad, sé que la burla es un pecado. ¡Pero ese hombre! ...   Tiene un caballo mejor que el del napolitano; supera al conde palatino en la mala costumbre de fruncir el entrecejo; es todos los hombres en general y ningún hombre en particular; en cuanto canta un tordo, inmediatamente se pone a hacer cabriolas; sería capaz de batirse con su sombra; si me casase con él, me casaría con veinte maridos. Le perdonaría de buena gana, si llegara a despreciarme; pues, aunque me amara hasta la locura, me sería imposible corresponderle.

NERISSA.- ¿Que decís, entonces, de Faulconbridge, el joven barón de Inglaterra?

PORCIA.- Sabéis bien que no le digo nada porque ni me comprende, ni le comprendo. No habla ni el latín, ni el francés, ni el italiano, y en cuanto a mí podrías jurar ante un tribunal que no sé ni un mal penique de inglés. Es el modelo de un hombre bello; pero, ¡ay!, ¿quién puede conversar con una pintura muda? ¡Y qué raramente vestido! Pienso si ha comprado su jubón en Italia, sus gregüescos en Francia, su gorra en Alemania y sus maneras en todas partes.

NERISSA.- ¿Qué pensáis del lord escocés, su vecino?

PORCIA.- Que está provisto de una caridad de buen vecino, porque ha recibido una bofetada del inglés y ha jurado que se la devolvería en cuanto pudiera. Creo que el francés le ha salido fiador y dado su garantía para otra bofetada.

NERISSA.- ¿Cómo encontráis al joven alemán, el sobrino del duque de Sajonia?

PORCIA.- Lo encuentro repugnante por la mañana, cuando está sereno, y más repugnante a la tarde, cuando está borracho; en sus mejores momentos es poco menos que un hombre, y en sus peores horas vale apenas más que una bestia. Si me ocurre, por desgracia, lo peor que pueda ocurrirme, espero que sabré arreglarme para desembarazarme de él.

NERISSA.- Si pidiera elegir entre los cofrecitos, y se le ocurriera el bueno, no podríais rehusarle por esposo sin rehusar la ejecución de la voluntad de vuestro padre.

PORCIA.- Así, por temor de ese infortunio, pon, te lo suplico, un gran vaso de vino del Rhin sobre el cofrecito adverso, pues aun cuando el mismo diablo estuviese dentro, si esta tentación se halla afuera ya sé lo que escogerá. Haré cualquier cosa, Nerissa, antes que consentir casarme con una esponja.

NERISSA.- No tenéis que temer el casamiento con ninguno de esos caballeros, señora, pues me han informado de su resolución, que es regresar a su país y no importunaros más con sus demandas, a menos que puedan obteneros por otro medio que esa lotería de los cofrecitos, impuesta por vuestro padre.

PORCIA.- Aun cuando hubiera de vivir hasta la edad de la Sibila, moriría tan casta como Diana antes que ser conquistada de otro modo que por el de la voluntad de mi padre. Me alegro de que esa gavilla de pretendientes sea tan razonable, porque no hay uno de ellos por cuya ausencia suspire, y suplico al cielo que les otorgue una feliz partida.

NERISSA.- ¿Os acordáis, señora, en tiempo de vuestro padre, de un veneciano, a la vez literato y soldado, que vino aquí en compañía del marqués de Montferrat?

PORCIA.- Sí, sí; era Bassanio; así se llamaba, creo.

NERISSA.- Exactamente, señora; de todos los hombres que han visto hasta hoy mis humildes ojos, es, en mi opinión, el que mejor merece una bella dama.

PORCIA.- Me acuerdo bien de él, y recuerdo que era digno de las alabanzas que le dedicas. (Entra un CRIADO.) ¡Hola! ¿Qué ocurre? ¿Qué noticias hay?

CRIADO.- Los cuatro extranjeros os buscan para despedirse de vos, señora, y acaba de llegar el correo de un quinto, el príncipe de Marruecos, que trae la novedad de que el príncipe, su amo, estará aquí esta noche.

PORCIA.- Si pudiera desear la bienvenida a este quinto de tan buen grado como me dispongo a decir adiós a los otros cuatro, me sentiría dichosa con su llegada. Aunque tuviese las cualidades de un santo y el aspecto de un diablo, le querría mejor para confesor que para marido. Ven, Nerissa; marcha delante, granuja. Apenas hemos corrido el cerrojo tras de un pretendiente cuando otro llama a la puerta.

(Salen.)

Escena III

Venecia. -Una plaza pública.

Entran BASSANIO y SHYLOCK.

SHYLOCK.- ¿Tres mil ducados?... Bien.

BASSANIO.- Sí, señor; por tres meses...

SHYLOCK.- ¿Por tres meses?... Bien.

BASSANIO.- Por cuya suma, según os he dicho, Antonio saldrá fiador.

SHYLOCK.- ¿Antonio saldrá fiador?... Bien.

BASSANIO.- ¿Podéis servirme? ¿Queréis complacerme? ¿Conoceré vuestra respuesta?

SHYLOCK.- ¿Tres mil ducados por tres meses y Antonio como fiador?

BASSANIO.- Vuestra respuesta.

SHYLOCK.- Antonio es bueno.

BASSANIO.- ¿Habéis oído alguna imputación en contrario?

SHYLOCK.- ¡Oh!, no, no, no, no. Mi intención al decir que es bueno es haceros comprender que lo tengo por solvente. Sin embargo, sus recursos son hipotéticos; tiene un galeón con destino a Trípoli; otro en ruta para las Indias; he sabido, además, en el Rialto que tiene un tercero en Méjico y un cuarto camino de Inglaterra. Posee algunos más, esparcidos aquí y allá. Pero los barcos no están hechos más que de tablas; los marineros no son sino hombres; hay ratas de tierra y ratas de agua; ladrones de tierra y ladrones de agua; quiero decir piratas. Además, existe el peligro de las olas, de los vientos y de los arrecifes. No obstante, el hombre es solvente. Tres mil ducados. Pienso que puedo aceptar su pagaré.

BASSANIO.- Estad seguros que podéis.

SHYLOCK.- Me aseguraré que puedo, y a fin de ratificarme, voy a reflexionar. ¿Puedo hablar con Antonio?

BASSANIO.- Si os agradase comer con nosotros.

SHYLOCK.- ¡Sí, para recibir el olor del puerco! ¡Para comer en la casa en que vuestro profeta, el Nazareno, hizo entrar, por medio de exorcismos, al diablo! Me parece bien comprar con vosotros, vender con vosotros, hablar con vosotros, pasearme con vosotros y así sucesivamente; pero no quiero comer con vosotros, beber con vosotros, ni orar con vosotros. ¿Qué noticias hay del Rialto? ¿Quién llega aquí?

(Entra ANTONIO.)

BASSANIO.- Es el signior Antonio.

SHYLOCK.- (Aparte.) ¡Qué fisonomía semejante a un hipócrita publicano! Le odio porque es cristiano, pero mucho más todavía porque en su baja simplicidad presta dinero gratis y hace así descender la tasa de la usura en Venecia. Si alguna vez puedo sentarle la mano en los riñones, satisfaré por completo el antiguo rencor que siento hacia él. Odia a nuestra santa nación, y hasta en el lugar en donde se reúnen los mercaderes se mofa de mí, de mis negocios y de mi ganancia legítimamente adquirida, que él llama usura. Maldita sea mi tribu si le perdono.

BASSANIO.- Shylock, ¿escucháis?

SHYLOCK.- Estoy haciendo la cuenta de mi capital disponible al presente; y a lo que puedo fiarme de mi memoria, veo que me es imposible afrontar inmediatamente la suma de tres mil ducados. ¿Qué importa? Tubal, un rico hebreo de mi tribu, me proveerá. Pero, vamos despacio... ¿Por cuantos meses deseáis esa suma? (A ANTONIO.) Que la dicha sea con vos, mi buen signior. Acabábamos justamente de hablar de vuestra señoría.

ANTONIO.- Shylock, aunque yo no preste ni tome prestado con la condición de dar o de recibir más que lo tomado a préstamo o prestado, sin embargo, saldré esta vez de mis hábitos para subvenir a las apremiantes necesidades de mi amigo. (A BASSANIO.) ¿Está informado de lo que necesitáis?

SHYLOCK.- Sí, sí; tres mil ducados.

ANTONIO.- Y por tres meses.

SHYLOCK.- Había olvidado... tres meses. (A BASSANIO.) Así lo habéis dicho, verdaderamente. (A ANTONIO.) Bien, entonces venga el pagaré y concluyamos. Pero escuchad un poco; me parece que acabáis de decir que ni prestáis ni tomáis prestado a interés.

ANTONIO.- No lo hago nunca.

SHYLOCK.- Cuando Jacob llevaba a pastar los rebaños de su tío Labán, este Jacob, que fue de la familia de nuestro santo Abraham, gracias a las medidas que su prudente madre tomó en su favor, el tercer descendiente...; sí, fue el tercero...

ANTONIO.- ¿Y a cuento de qué viene ahora Jacob? ¿Prestaba a interés?

SHYLOCK.- No recibía interés, no recibía directamente interés, como decís. Pero fijaos bien lo que hizo. Labán y él habían tomado el acuerdo de que todos los recentales listados y moteados fueran para Jacob, en concepto de salario. Cuando al final del otoño los machos ardorosos buscaban a las hembras y la obra de generación se efectuaba entre los lanudos seres, el astuto pastor se proveía de algunas cortezas de árboles, y mientras verificaban el acto de la reproducción las presentaba a las ovejas lascivas, que concebían en aquel momento, y en la época de parir daban a luz corderos de diversos colores, que pasaban a poder de Jacob. Esta era una manera de prosperar, y fue bendecida su ganancia, pues la ganancia es una bendición cuando no se roba.

ANTONIO.- Eso era una especie de casualidad, señor, sobre la que Jacob aventuraba sus servicios; una cosa que no estaba en sus manos obtener, sino que se hallaba regulada y determinada por la mano de Dios. Pero esta historia, ¿se ha estampado jamás en la Escritura para justificar la usura? ¿Vuestro oro y vuestra plata son ovejas y moruecos?

SHYLOCK.- No os lo puedo decir; les hago reproducirse todo lo posible; mas tomad buena nota de lo que digo, señor.

ANTONIO.- Fijaos en esto, Bassanio: el demonio puede citar la Escritura para justificar sus designios. Un alma perversa que apela a testimonios sagrados es como un bellaco de risueño semblante, como una hermosa manzana de corazón podrido. ¡Oh, qué bello exterior puede revestir la falsedad!

SHYLOCK.- Tres mil ducados es una suma bastante redonda. Tres meses de doce; veamos; el interés...

ANTONIO.- Bueno, Shylock, ¿quedaremos obligados a vos?

SHYLOCK.- Signior Antonio, veces y veces, en el Rialto, me habéis maltratado a propósito de mi dinero y de los intereses que le hago producir; sin embargo, he soportado ello con paciente encogimiento de hombros, porque la resignación es la virtud característica de toda nuestra raza. Me habéis llamado descreído, perro malhechor, y me habéis escupido sobre mi gabardina de judío, todo por el uso que he hecho de lo que me pertenece. Muy bien; pero parece ser que ahora tenéis necesidad de mi ayuda; venís a mí y me decís: «Shylock, tendríamos necesidad de dinero». Y me lo decís vos, vos, que habéis expelido vuestra saliva sobre mi barba y me habéis echado a puntapiés, como echaríais de vuestro umbral a un perro vagabundo. Pedís dinero. ¿Qué debo contestaros? ¿No debería responderos: «Es que un perro tiene dinero? ¿Es posible que un mastín preste tres mil ducados?» O bien, inclinándome servilmente, y en tono de un esclavo, con el aliento retenido y una humildad de susurro, deciros así: «Arrogante señor, habéis escupido sobre mí el miércoles último; me habéis arrojado con el pie tal día; en otra ocasión me llamasteis dogo, y por todas esas cortesías, ¿voy a prestaros tanto dinero?»

ANTONIO.- Me dan ganas de llamarte otra vez lo mismo, de escupirte de nuevo y de darte también de puntapiés. Si quieres prestar ese dinero, préstalo, no como a tus amigos, pues ¿se ha visto alguna vez que la amistad haya exigido de un amigo sacrificios de un estéril pedazo de metal?, sino préstalo como a tus enemigos, de quienes podrás obtener más fácilmente castigo si faltan a su palabra.

SHYLOCK.- ¡Vaya, mirad, cómo os amostazáis! Quisiera hacer pacto de amistad, ganar vuestro afecto, olvidar los ultrajes con que me habéis mancillado, subvenir a vuestras necesidades presentes, sin tomar algún interés por mi dinero, y no queréis escucharme; mi ofrecimiento es generoso.

ANTONIO.- Sería, en efecto, pura generosidad.

SHYLOCK.- Pues quiero probaros esta generosidad. Venid conmigo a casa de un notario, me firmaréis allí simplemente vuestro pagaré, y a manera de broma será estipulado que, si no pagáis tal día, en tal lugar, la suma o las sumas convenidas, la penalidad consistirá en una libra exacta de vuestra hermosa carne, que podrá ser escogida y cortada de no importa qué parte de vuestro cuerpo que me plazca.

ANTONIO.- Conforme, a fe mía; firmaré ese pagaré y diré que hay mucha generosidad en el judío.

BASSANIO.- No firmaréis por mí un compromiso como ese; prefiero continuar en el apuro en que estoy.

ANTONIO.- Bah, no temáis, hombre; no caeré en falta. De aquí a dos meses, es decir, un mes antes de la expiración de ese pagaré, espero ingresos de tres veces el triple del valor del recibo.

SHYLOCK.- ¡Oh, padre Abraham! ¡Vaya unos cristianos, cuya crueldad de sus propios actos les enseña a sospechar de las intenciones del prójimo! Os lo suplico, responded a esto; si por casualidad él faltara al pago el día convenido, ¿qué ganaría yo al exigir el cumplimiento de la condición? Una libra de carne humana no tiene tanto precio ni puede aprovecharse tanto como la carne de carnero, de buey o de cabra. Os lo repito: para conquistar su afecto os hago esta oferta amistosa; si quiere aceptarla, bien; si no, adiós. Y en reciprocidad de mi afecto, no me injuriéis, os lo ruego.

ANTONIO.- Sí, Shylock; firmaré ese pagaré.

SHYLOCK.- Entonces, esperadme en seguida en casa del notario; dadle las instrucciones necesarias para este divertido documento, y a mi llegada os embolsaré inmediatamente los ducados. Quiero dar un vistazo a mi casa, que he dejado temblando bajo la custodia poco segura de un pillo descuidado, y al momento me reúno con vosotros.

(Sale.)

ANTONIO.- Apresúrate, amable judío. Este hebreo acabará por hacerse cristiano; ya va siendo obsequioso.

BASSANIO.- No me placen términos finos y alma de bribón.

ANTONIO.- Marchemos; no puede resultar nada desagradable. Mis barcos regresarán un mes antes del día convenido.

(Salen.)

****

Acto Segundo

Escena I

Una habitación en la casa de PORCIA.

Trompetería. Entran el PRÍNCIPE DE MARRUECOS, con su séquito,

PORCIA, NERISSA y otros acompañantes.

PRÍNCIPE DE MARRUECOS.- No me desdeñéis a causa de mi tez, librea obscura del sol bruñidor, del que soy vecino y bajo el que me he formado. Traedme el más blanco de los hijos del Norte, donde el fuego de Febo funde apenas los carámbanos de nieve, y por nuestro amor nos practicaremos incisiones, para saber cuál sangre es más roja, la suya o la mía. Te lo digo, hermosa dama; este rostro ha aterrorizado a los bravos. Juro por el amor que me inspiras, que las vírgenes más consideradas de nuestro clima le han amado también. No quisiera, pues, cambiar mi tez por ninguna otra, a menos que con ello me fuera dable conquistar vuestros pensamientos, mi dulce reina.

PORCIA.- En punto a elección de esposo no puedo dejarme conducir solamente por la agradable dirección de los ojos de una joven. Además, la lotería de mi destino me prohíbe el derecho de una elección voluntaria; pero si mi padre no hubiese limitado mi libertad y obligado con su prudencia ingeniosa a darme por mujer al que me conquiste según los medios que os he dicho, vos, príncipe renombrado, tendríais tantos derechos a mi afecto como ninguno de los pretendientes que hasta ahora he visto.

PRÍNCIPE DE MARRUECOS.- Os doy las gracias sólo por ello, y en consecuencia os ruego me conduzcáis cerca del cofrecito para que intente fortuna. Por esta cimitarra, que ha matado al Sofí y a un príncipe persa, que ha ganado tres batallas sobre el sultán Solimán, sería capaz, para conquistarte, ¡oh señora mía!, de fulminar con la mirada los ojos más amenazadores, de superar en bravura el corazón más intrépido de la tierra, de arrancar de las manos de la osa sus cachorros, y más todavía, de burlarme del león cuando ruge tras de su presa. Pero, ¡ay, ahora! Si Hércules y Licas juegan juntos a los dados a quién es más grande de los dos, puede que la fortuna haga que el tanto más alto salga de la mano más débil y que Alcides sea vencido por su paje. Así es como yo, conducido por la ciega suerte, puedo perder lo que otro menos digno alcance y morir de pena de mi derrota.

PORCIA.- Tenéis que aceptar vuestra suerte; y así, o renunciad a toda elección, o jurad antes de escoger que, si escogéis mal, no hablaréis nunca más de matrimonio con ninguna dama. Haced, por tanto, de modo que os decidáis con prudencia.

PRÍNCIPE DE MARRUECOS.- Consiento en esas condiciones; venid, llevadme hacia mi azar.

PORCIA.- Vamos primero al templo; después de cenar consultaréis la suerte.

PRÍNCIPE DE MARRUECOS.- Entonces, ¡que la fortuna me sea propicia! Puede hacerme el más feliz o el más desgraciado de los hombres.

(Trompetería. Salen.)

Escena II

Venecia. -Una calle.

Entra LAUNCELOT GOBBO.

LAUNCELOT.- Ciertamente la conciencia me hará abandonar la casa de ese judío, mi amo. El demonio me toca el codo y me tienta diciéndome: «¡Gobbo, Launcelot Gobbo, buen Launcelot!», o «¡Buen Gobbo», o «Buen Launcelot Gobbo, servíos de vuestras piernas, dejad el campo, poneos en franquicia!» Mi conciencia me dice: «No, ten cuidado, honrado Launcelot; ten cuidado, honrado Gobbo», o, como he dicho anteriormente, «honrado Launcelot Gobbo; no te escapes, desprecia la idea de poner pies en polvorosa». Pero el intrépido demonio me ordena liar el petate: «¡Vía!», dice el demonio. «¡Largo!», dice el demonio. «En nombre del cielo, toma una resolución enérgica y parte», dice el demonio. A su vez, mi conciencia, colgándose del cuello de mi corazón, me dice estas prudentísimas palabras: «Mi honesto amigo Launcelot, tú, que eres el hijo de un hombre honrado...» - valdría mejor decir el hijo de una mujer honrada, porque, para decir verdad, mi padre tuvo cierto resabio, cierta inclinación, cierto gusto especial-; mi conciencia me dicta, pues: «¡Launcelot, no te muevas!» «¡Muévete!», dice el demonio. «¡No te muevas!», dice mi conciencia. «Conciencia, le digo, no me aconsejas mal; demonio, le contesto, me aconsejas bien.» Si me dejo gobernar por mi conciencia, me quedaré con el judío, mi amo, que es una especie de diablo; si me escapo de la casa del judío, tomaré por amo al demonio, quien, salvando vuestros respetos, es Satanás mismo. Ciertamente el judío es una encarnación del propio diablo; y, en conciencia, mi conciencia es una especie de conciencia sin piedad, por aconsejarme que me quede con el judío. Es el demonio quien me da el consejo más amistoso; me escaparé, demonio; mis piernas están a tus órdenes; me escaparé.

(Entra el viejo GOBBO con un cesto.)

GOBBO.- Mi joven señor, os lo suplico, ¿cuál es el camino de la casa del señor judío?

LAUNCELOT.- (Aparte.) ¡Oh, cielos! Es el verdadero autor de mis días, que, estando más que medio ciego, tres cuartos ciego, no me conoce. Voy a hacer un experimento con él.

GOBBO.- Mi joven señor, os lo suplico: ¿cuál es el camino para ir a la casa del señor judío?

LAUNCELOT.- Torced a vuestra mano derecha en la primera esquina; pero en la última esquina de todas tomad a la izquierda, y en seguida en la primera esquina no torzáis, ¡pardiez!, ni a la derecha ni a la izquierda, sino descended indirectamente hacia la casa del judío.

GOBBO.- ¡Por los santos de Dios! He ahí un camino que será fácil encontrar. ¿Podéis decirme si un cierto Launcelot, que vive con él, vive o no con él?

LAUNCELOT.- ¿Habláis del joven maese Launcelot? (Aparte.) Ponedme atención ahora; voy a hacer correr las lágrimas. (A GOBBO.) ¿Habláis del joven maese Launcelot?

GOBBO.- No es maese, señor, sino el hijo de un pobre hombre; su padre, aunque sea yo quien lo diga, es un hombre honrado, extremadamente pobre, y, a Dios gracias, en buena disposición de vivir.

LAUNCELOT.- Bien; sea su padre lo que quiera, hablamos del joven maese Launcelot.

GOBBO.- Launcelot a secas, señor, para servir a vuestra señoría.

LAUNCELOT.- Pero os lo ruego, ergo anciano, ergo, os lo suplico: ¿es del joven maese Launcelot de quien habláis?

GOBBO.- De Launcelot, si place a vuestro honor.

LAUNCELOT.- Ergo, de maese Launcelot. No habléis de maese Launcelot, padre, pues el joven caballero, según los hados y los destinos y otras maneras raras de hablar, como las Tres Hermanas, y parecidas divisiones de la erudición, ha fallecido, o, como diríamos en términos más corrientes, ha ido al cielo.

GOBBO.- ¡Pardiez! ¡No lo permita Dios! El muchacho era el báculo de mi vejez, mi verdadero sostén.

LAUNCELOT.- (Aparte.) ¿Me parezco a un garrote, a una viga, a un bastón o a un poste? (A GOBBO.) ¿Me reconocéis, padre?

GOBBO.- ¡Ay! No, no os conozco, joven caballero; pero decidme, por favor, si mi muchacho (Dios dé reposo a su alma) está muerto o vivo.

LAUNCELOT.- ¿Me reconocéis, padre?

GOBBO.- ¡Ay! Señor, estoy casi ciego, no os reconozco.

LAUNCELOT.- En verdad, aunque tuvierais vuestros ojos, podríais muy bien no reconocerme: es un padre avisado el que conoce su propio hijo. Vamos, viejo, voy a daros noticias de vuestro hijo. (Se arrodilla.) Dadme vuestra bendición; la verdad sale siempre a luz; un crimen no puede estar oculto largo tiempo, pero sí un hijo para su padre; sin embargo, al final la verdad acaba siempre por descubrirse.

GOBBO.- Os lo ruego, señor, levantaos; estoy seguro que no sois Launcelot, mi hijo.

LAUNCELOT.- Os lo suplico: no digamos más tonterías sobre este asunto, sino dadme vuestra bendición; soy Launcelot, el que era vuestro mocito, el que es ahora vuestro hijo, el que será siempre vuestro chico.

GOBBO.- No puedo creer que seáis mi hijo.

LAUNCELOT.- No sé lo que debo creer a este respecto; pero soy Launcelot, el criado del judío, y estoy seguro que Margarita, vuestra mujer, es mi madre.

GOBBO.- Su nombre es Margarita, en verdad, y afirmaré bajo juramento que si eres Launcelot eres de veras mi propia carne y mi propia sangre. ¡Dios sea alabado! ¡Cómo te ha crecido la barba! Tienes más pelos en tu barbilla que Dobbin, mi limonero, tiene en la cola.

LAUNCELOT.- Parecería entonces que la cola de Dobbin crece en disminución; pues estoy seguro que tenía más pelos en la cola que los que yo tengo en la cara, la última vez que le vi.

GOBBO.- ¡Dios mío, cómo estás de cambiado! ¿Cómo os lleváis tu amo y tú? Le traía un regalo. ¿Cómo os lleváis ahora?

LAUNCELOT.- Bien; pero, por mi parte, he decretado mi fuga; así que no me detendré hasta que no esté a una buena distancia de él. Mi amo es un verdadero judío. ¡Darle un regalo! ¡Dadle una cuerda! Me muero de hambre en su servicio. Podéis contarme todos los dedos que tengo con mis costillas. Padre, me alegro que hayáis venido; entregadme vuestro regalo para un tal Bassanio, que, por cierto, da a sus servidores hermosas libreas nuevas; si no le sirvo, huiré tan lejos como alcanza la tierra de Dios. ¡Oh!, rara fortuna; aquí llega el hombre de que se trata; dirijámonos a él, padre, porque voy a convertirme en judío, si sirvo al judío más tiempo.

(Entra BASSANIO con LEONARDO y otros acompañantes.)

BASSANIO.- Podéis arreglarlo así; pero que se haga tan aprisa que la cena esté dispuesta, lo más tarde, a las cinco. Ved de entregar esas cartas, dad a hacer las libreas y rogad a Graciano que venga en seguida a mi alojamiento.

(Sale un CRIADO.)

LAUNCELOT.- Vamos a él, padre.

GOBBO.- ¡Dios bendiga a vuestra señoría!

BASSANIO.- Muchas gracias. ¿Deseas algo de mí?

GOBBO.- Aquí está mi hijo, señor, un pobre muchacho...

LAUNCELOT.- No un pobre muchacho, señor, sino el criado del rico judío, que quería, señor, como mi padre os especificará...

GOBBO.- Tiene, como si dijéramos, una gran infección a servir...

LAUNCELOT.- Para deciros verdad, el resumen de mi asunto es que sirvo al judío, y que tengo un deseo, como mi padre os especificará...

GOBBO.- Su amo y él, salvando los respetos de vuesa merced, no hacen buenas migas...

LAUNCELOT.- Para ser breve, la verdad verdadera es que el judío, habiéndome maltratado, me fuerza como mi padre, que es un viejo, os «fructificará»...

GOBBO.- Tengo aquí un plato de pichones que quisiera ofrecer a vuestra señoría, y mi demanda es...

LAUNCELOT.- Para abreviar: la demanda es «ajena» a mí, como vuestra señoría lo sabrá por este anciano, y, aunque anciano, como yo le digo, sin embargo, es un pobre hombre y mi padre...

BASSANIO.- Que hable uno solo por ambos. ¿Qué queréis?

LAUNCELOT.- Serviros, señor.

GOBBO.- Ahí está la verdadera clave del asunto, señor.

BASSANIO.- Te conozco perfectamente; tu petición está concedida. Shylock, tu amo, me ha hablado hoy y me ha propuesto hacerte progresar, si progreso supone abandonar el servicio de un rico judío para convertirse en sirviente de un tan pobre caballero.

LAUNCELOT.- El viejo proverbio se reparte muy bien entre mi amo Shylock y vos, señor; vos tenéis la gracia de Dios, y él la opulencia.

BASSANIO.- Has dicho bien. Ve con tu hijo, padre; despídete de tu antiguo amo e inquiere las señas de mi casa. (A sus criados.) Que se le dé una librea más bella que la de sus camaradas; cuida que se cumpla así.

LAUNCELOT.- Marchemos, padre. No sé solicitar una colocación, no; jamás hallo lengua fácil en la cabeza. (Mirándose la mano.) Bien; si hay un hombre en Italia que para prestar juramento pueda mostrar una más bella palma en que apoyar un libro, tendré toda clase de dichas. Ved, he aquí solamente esta línea de vida. Aquí hay una provisioncita de mujeres. ¡Ay! Quince mujeres, pero ¡eso no es nada! Once viudas y nueve doncellas constituyen una parte modesta para un hombre. Y luego escapar por tres veces a la sumersión y estar en trance de perder mi vida al borde de un lecho de pluma. ¡He aquí un buen número de pequeños riesgos! Pues bien; si la fortuna es mujer, forzoso es convenir que se muestra buena chica en este horóscopo. Padre, marchemos; voy a despedirme del judío en un abrir y cerrar de ojos.

(Salen LAUNCELOT y el viejo GOBBO.)

BASSANIO.- Te lo ruego, mi buen Leonardo, piensa en esto: una vez compradas y debidamente distribuidas todas esas cosas, vuelve a toda prisa, pues doy esta noche una fiesta a mis mejores amigos. Anda, apresúrate.

LEONARDO.- Voy a ponerme a ello con todo mi ardor.

(Entra GRACIANO.)

GRACIANO.- ¿Dónde está vuestro amo?

LEONARDO.- Allá, señor, se pasea. (Sale.)

GRACIANO.- ¡Señor Bassanio!

BASSANIO.- ¡Graciano!

GRACIANO.- Tengo una petición que haceros.

BASSANIO.- Os está concedida.

GRACIANO.- No me la podéis negar. Quiero acompañaros a Belmont.

BASSANIO.- Pues bien; puedes hacerlo. Pero escúchame, Graciano: eres demasiado petulante, demasiado brusco y de tono altanero. Esas maneras te van muy bien, y a nuestros ojos no parecen, de ningún modo, chocantes; pero allí donde no eres conocido parecen libres con exceso. Te ruego que te tomes el trabajo de moderar por medio de algunas frías gotas de reserva las vivacidades de tu carácter, por miedo de que tu extravagancia habitual no haga juzgarme mal en el sitio adonde voy y no destruya mis esperanzas.

GRACIANO.- Escuchadme bien, signior Bassanio: si no adopto una grave actitud, si no hablo con respeto, y si me ocurre jurar con frecuencia; si no llevo en mis bolsillos un libro de rezos y si no miro con beatitud; más aún: si mientras que se dan las gracias no tapo los ojos con mi sombrero, de este modo, suspirando y diciendo amén; si, en una palabra, no observo todas las reglas de la civilidad tan estrictamente como un joven que ha estudiado la forma de darse un aspecto austero para agradar a su abuela, no tengáis jamás confianza en mí.

BASSANIO.- Bien; veremos vuestra conducta.

GRACIANO.- La veremos; pero descarto la noche de hoy de nuestro convenio; no me juzguéis por lo que haga en esta velada.

BASSANIO.- No, sería una lástima; rogaré más bien a vuestro ingenio para que despliegue esta noche su más hermoso traje de alegría, pues contaremos con amigos que se proponen divertirse. Pero, adiós, tengo algunos quehaceres.

GRACIANO.- Y yo debo ir a encontrarme con Lorenzo y los otros; mas nos volveremos a ver a la hora de cenar. (Salen.)

Venecia. -Una habitación en casa de SHYLOCK.

Entran JESSICA y LAUNCELOT.

JESSICA.- Estoy enfadada porque abandonas así a mi padre; nuestra casa es un infierno, y tú, alegre diablo, divertías un poco su atmósfera de fastidio. Sin embargo, que lo pases bien; aquí tienes un ducado para ti. Esta noche, en la cena, Launcelot, verás a Lorenzo, que es el convidado de tu nuevo amo; dale esta carta en secreto, y ahora, adiós; no querría que mi padre me viese hablar contigo.

LAUNCELOT.- ¡Adiós! Mis lágrimas hablan por mi lengua. ¡Encantadora pagana! ¡Deliciosa judía! Si algún cristiano no hace alguna fechoría y te consigue, mucho me equivocaré. Pero adiós, que estas necias lágrimas ahogan un poco mi valor varonil.

JESSICA.- Adiós, mi buen Launcelot. (Sale LAUNCELOT.) ¡Ay, qué aborrecible pecado cometo al avergonzarme de ser hija de mi padre! Pero, aunque soy su hija por la sangre, no lo soy por el carácter. ¡Oh, Lorenzo! Si mantienes tu promesa, haré cesar la lucha, convirtiéndome en cristiana y tu amante esposa. (Sale.)

Escena IV

Venecia. -Una calle.

Entran GRACIANO, LORENZO, SALANIO y SALARINO.

LORENZO.- Eso es, nos escaparemos a la hora de cenar, nos disfrazaremos en mi casa y estaremos todos de regreso al cabo de una hora.

GRACIANO.- No hemos hecho bien nuestros preparativos.

SALARINO.- Ni apalabrado todavía a los hacheros.

SALANIO.- Eso es de poca monta, como no esté muy bien dispuesto, y, a mi juicio, vale más no ocuparse de ello.

LORENZO.- No son ahora más que las cuatro. Tenemos dos horas para prepararnos. (Entra LAUNCELOT con una carta.) Amigo Launcelot, ¿qué noticias hay?

LAUNCELOT.- Si os gustara romper esto, puede que llegarais a saberlo.

LORENZO.- Conozco la mano; por mi fe, que es una bella mano, y una bella mano más blanca que el papel sobre el que ha escrito.

GRACIANO.- De seguro, noticias de amor.

LAUNCELOT.- Con vuestro permiso, señor...

LORENZO.- ¿Dónde vas ahora?

LAUNCELOT.- ¡Pardiez! Señor, a avisar a mi viejo amo el judío que venga a cenar esta noche con mi nuevo dueño el cristiano.

LORENZO.- Espera un poco, toma esto; di a la encantadora Jessica que no la faltaré; díselo en secreto, anda. (Sale LAUNCELOT.) Señores, ¿queréis hacer los preparativos para la mascarada de esta noche? Me he provisto de un portador de antorcha.

SALANIO.- Sí, ¡pardiez! Voy a ocuparme de ello.

SALARINO.- Y yo también.

LORENZO.- Venid a recogernos a mí y a Graciano en el alojamiento de Graciano de aquí a una hora.

SALARINO.- Eso es lo mejor.

(Salen SALARINO y SALANIO.)

GRACIANO.- ¿No era esa carta de la bella Jessica?

LORENZO.- Fuerza es que te lo diga todo. Me informa de la manera que debo raptarla de la casa de su padre; me indica que se ha provisto de oro, de joyas y se ha procurado un disfraz de paje. Si alguna vez el judío, su padre, entra en el Paraíso, no será más que en consideración de su encantadora hija, y si alguna vez la mala fortuna obstruye el camino de Jessica, no podría hacer valer otra excusa que esta: que es la hija de un judío infiel. Vamos, ven conmigo; revisa de paso esta carta. La bella Jessica será mi porta antorcha. (Salen.)

Escena V

Venecia. -Delante de la casa de SHYLOCK.

Entran SHYLOCK y LAUNCELOT.

SHYLOCK.- Bien; tú verás; tus ojos harán la distinción entre el viejo Shylock y Bassanio. ¡Eh, Jessica! No te atracarás, como has hecho en mi casa. ¡Eh, Jessica! Ni te darás a dormir y a roncar y a destrozar el traje. ¡Eh, Jessica, digo!

LAUNCELOT.- ¡Eh, Jessica!

SHYLOCK.- ¿Quién te manda llamar? No te he ordenado que llames.

LAUNCELOT.- Vuestra señoría tenía el hábito de reprocharme el no poder jamás hacer nada sin órdenes.

(Entra JESSICA.)

JESSICA.- ¿Me llamáis? ¿Qué queréis?

SHYLOCK.- Estoy invitado a cenar, Jessica; he aquí mis llaves. Pero ¿por qué había de ir? No es por afecto por lo que me invitan; quieren adularme. ¡Bah! Iré por odio, nada más que por hartarme a expensas del pródigo cristiano. Jessica, hija mía, vigila en la casa. Salgo verdaderamente contra mi deseo; algo se fragua contra mi reposo, pues he soñado esta noche con sacos de dinero.

LAUNCELOT.- Os ruego, señor, que vayáis; mi joven amo aguarda vuestra «desgracia».

SHYLOCK.- Y yo la suya.

LAUNCELOT.- Y han conspirado juntos...; no quiero deciros que veréis una mascarada, pero si la veis no fue entonces baldío el que mi nariz sangrara el último lunes de Pascua, a las seis de la mañana, que caía este año el mismo día que el miércoles de Ceniza de hace cuatro años por la tarde.

SHYLOCK.- ¡Cómo! ¿Hay máscaras? Escúchame bien, Jessica. Cierra con cerrojo mis puertas, y cuando escuches el tambor o el silbido ridículo del pífano de cuello encorvado, no te encarames a las ventanas, ni alargues tu cabeza sobre la vía pública para embobarte ante los payasos cristianos de pintados semblantes, sino, al contrario, tapa los oídos de mi casa, quiero decir mis ventanas; no dejes entrar en mi severa morada los ruidos inútiles de la disipación. Por el báculo de Jacob juro que no tengo ninguna gana de festejar hoy; sin embargo, iré. Andad delante, bribón; decid que voy a llegar.

LAUNCELOT.- Os precederé, señor. (Bajo a JESSICA.) Señora, mirad por la ventana, a pesar de todo. Delante de ella pasará un cristiano, digno de que le mire una judía.

(Sale.)

SHYLOCK.- ¿Qué dice ese imbécil de la estirpe de Agar? ¿Eh?

JESSICA.- Me decía: «Adiós, ama», nada más.

SHYLOCK.- Ese galopín no es mal muchacho del todo; pero come enormemente, es lento para el trabajo como un caracol y duerme por el día más que un gato montés. Los zánganos no tienen nada que hacer en mi colmena; así, pues, me separo de él y le dejo para que sirva a cierto individuo a quien quisiera que le ayudase a gastar la bolsa que ha pedido prestada.

Vamos, Jessica, entrad ya. Es posible que esté inmediatamente de vuelta. Haz como te he dicho: cierra las ventanas tras ti. Quien guarda, halla. He aquí un proverbio que para un espíritu económico siempre es aplicable. (Sale.)
JESSICA.- Adiós, y si la fortuna no me es contraria, habremos perdido yo un padre y vos una hija. (Sale.)

Escena VI

Venecia.

Entran GRACIANO y SALARINO, enmascarados.

GRACIANO.- He aquí el cobertizo bajo el cual nos ha rogado Lorenzo que le esperemos.

SALARINO.- Ha pasado ya casi la hora en que nos había citado.

GRACIANO.- Y es verdaderamente extraño que esté en retraso con su hora, pues los amantes tienen siempre la costumbre de adelantarse al reloj.

SALARINO.- ¡Oh! Las palomas de Venus vuelan diez veces más aprisa cuando se trata de sellar lazos de amor nuevamente contraídos que cuando intentan evitar la ruptura de una fe empeñada.

GRACIANO.- Eso es de eterna aplicación. ¿Quién se levanta nunca de la mesa con un apetito tan abierto como cuando se ha sentado? ¿Dónde está el caballo capaz de volver sobre las huellas de su fatigosa jornada con el fogoso brío con que la recorrió primero? Todas las cosas de este mundo se persiguen con más ardor que se gozan. ¡Cuán semejante a un jovenzuelo o a un niño pródigo es la barca empavesada que sale de la bahía natal acariciada y besada por el viento juguetón! ¡Y cuán semejante también al hijo pródigo, vuelve con sus flancos averiados por las borrascas, sus velas en jirones, estropeada, hendida, despojada de todo por el viento huracanado!

SALARINO.- Aquí está Lorenzo. Reanudaremos la conversación más tarde.

(Entra LORENZO.)

LORENZO.- Gracias, queridos amigos, por haberme esperado tan pacientemente; la culpa de este retraso es de mis asuntos, no mía. Cuando os plazca haceros ladrones de esposas, os prometo tener tanta paciencia como vosotros. Acerquémonos. Aquí está la casa de mi padre, el judío. ¡Hola! ¿Quién hay dentro?

(JESSICA aparece en la ventana en traje de muchacho.)

JESSICA.- ¿Quién sois? Decídmelo, para cerciorarme, aunque juraría que conozco esa voz.

LORENZO.- Lorenzo y tu amor.

JESSICA.- Lorenzo, ciertamente, y mi amor, esa es la verdad, porque ¿a quién entonces amo yo tanto? En cuanto a saber si soy el vuestro, no hay nadie más que vos que podáis decirlo, Lorenzo.

LORENZO.- El cielo y tu alma son testigos de que lo soy.

JESSICA.- Tomad, coged esta cajita, vale la pena. Me alegro de que sea de noche y no podáis contemplarme, porque me hallo avergonzada de mi disfraz. Felizmente, el amor es ciego, y los amantes no pueden ver las bellas locuras que cometen ellos mismos; sin eso, el propio Cupido se ruborizaría de verme así transformada en muchacho.

LORENZO.- Descended, porque es preciso que me sirváis de porta antorcha.

JESSICA.- ¡Cómo! ¿Voy a tener que alumbrar mi vergüenza? A fe que mi vergüenza no está ya sino demasiado, demasiado a la luz. Pero, amor mío, esa es una función propia para hacerme descubrir, y yo debiera mantenerme en la obscuridad.

LORENZO.- Estáis bastante disimulada, querida mía, con ese donoso traje de muchacho. Pero venid aprisa, pues la noche cerrada emprende la fuga y se nos espera en la fiesta de Bassanio.

JESSICA.- Voy a echar el cerrojo a las puertas y a dorarme con algunos ducados más; luego soy con vos inmediatamente. (Se retira de la ventana.)

GRACIANO.- Por mi capucha, es una gentil y no una judía.

LORENZO.- Maldito sea si no la amo con todo mi corazón porque es discreta, si la juzgo bien; es hermosa, si mis ojos no me engañan; es sincera, como lo ha probado hace un momento, y por eso, por hermosa, discreta y sincera, ocupará siempre de lleno mi alma constante. (Entra JESSICA.) ¡Qué! ¿Estás aquí? En marcha, señores, en marcha. Nuestros compañeros de mascarada nos esperan.

(LORENZO sale con JESSICA y SALARINO.)

(Entra ANTONIO.)

ANTONIO.- ¿Quién va?

GRACIANO.- ¡Signior Antonio!

ANTONIO.- ¡Vaya, vaya, Graciano! ¿Dónde están todos los demás? Son las nueve; todos nuestros amigos nos esperan. No habrá mascarada esta noche;

el viento es bueno, y Bassanio se va a embarcar inmediatamente. He enviado más de veinte personas a buscaros.

GRACIANO.- Me alegro de esas noticias; no deseo nada con más placer que estar bajo las velas y embarcado esta noche. (Salen.)

Escena VII

Belmont. -Una sala en el castillo de PORCIA.

Trompetería. Entra PORCIA con el PRÍNCIPE DE MARRUECOS y su séquito.

PORCIA.- Andad, corred las cortinas y descubrid los diversos cofrecitos a los ojos de este noble príncipe. Ahora, haced vuestra elección.

PRÍNCIPE DE MARRUECOS.- El primero, que es de oro, lleva esta inscripción: Quien me escoja ganará lo que muchos desean. El segundo, de plata, ofrece esta promesa: Quien me escoja obtendrá tanto como merece. El tercero, de plomo vil, con esta inscripción tan vulgar como su metal: Quien me escoja debe dar y aventurar todo lo que tiene. ¿Cómo sabré si elijo bien?

PORCIA.- Uno de estos cofrecitos contiene mi retrato, príncipe; si escogéis este, os perteneceré de lleno.

PRÍNCIPE DE MARRUECOS.- ¡Que Dios guíe mi juicio! Veamos; voy a releer las inscripciones. ¿Qué dice este cofrecito de plomo? Quien me escoja debe dar y aventurar todo lo que tiene. ¡Debe dar! ¿A cambio de qué? ¡A cambio de plomo! Aventurar todo por plomo. Este cofrecito amenaza; los hombres que lo aventuran todo lo hacen con la esperanza de hermosos beneficios. Un espíritu de oro no se rinde ante las cosas de desecho. No daré ni aventuraré nada por plomo. ¿Qué dice la plata con su color virginal? Quien me escoja obtendrá tanto como merece. ¡Tanto como merece! Detente aquí, príncipe de Marruecos, y pesa tu valía con mano imparcial. Si estás evaluado según tu propia estima, mereces mucho; pero mucho no basta para hacerte llegar hasta esta dama, y, sin embargo, dudar de mi mérito sería una pueril depreciación de mí mismo. ¡Tanto como merezco! Bien; pero es esta dama lo que merezco. La merezco por mi nacimiento y por mi fortuna, por mis atractivos y por mis cualidades de educación, y más que todo eso, la merezco por mi amor. Pues bien, ¿y si no buscara más, y escogiera este cofrecito? Veamos aún otra vez lo que dice esta divisa grabada sobre oro: Quien me escoja ganará lo que muchos desean. ¡Vaya! Eso es esta dama; el mundo entero la desea; de los cuatro extremos de la tierra vienen para besar a esta casta, a esta santa mortal. Los desiertos de Hircania y las inmensas soledades de la vasta Arabia están convertidos ahora en grandes caminos para los príncipes que vienen a visitar a la bella Porcia. El reino de las aguas, cuya cabeza ambiciosa escupe a la faz del cielo, no es una barrera suficiente para detener los ardores de los extranjeros; ellos lo atraviesan como un arroyuelo para ver a la bella Porcia. Uno de estos tres cofrecitos contiene su celeste efigie. ¿Es probable que esté en el cofrecito de plomo? Tener una idea tan mezquina fuera un sacrilegio; sería un metal demasiado tosco para encerrar incluso su sudario en la obscuridad de su tumba. ¿Pensaré que esa imagen está entre muros de plata, que se aprecia en diez veces menos que el oro? ¡Oh, horrible pensamiento! Jamás una joya tan rica fue gastada en un metal inferior al oro. Hay en Inglaterra una moneda que lleva la figura de un ángel grabada sobre oro, pero es en la superficie solamente donde está grabada, mientras que aquí es interiormente en un lecho de oro donde se halla tendido un ángel. Dadme la llave; escojo este cofrecito, y suceda lo que quiera.

PORCIA.- Aquí la tenéis; tomadla, príncipe, y si mi efigie se encuentra en ese cofrecito, vuestra soy.

PRÍNCIPE DE MARRUECOS.- (Después de haber abierto el cofre de oro.) ¡Oh infierno! ¿Qué es lo que encuentro? Una calavera, que en una de sus órbitas vacías contiene un rollo escrito. Voy a leer lo que dice.

(Lee.)

No es oro todo lo que reluce.

Con frecuencia habéis oído decir esto.

Más de un hombre ha vendido su vida

solamente por contemplar mi exterior.

Las tumbas doradas conservan los gusanos.

Si hubierais sido tan prudente como osado,

joven de cuerpo y viejo de juicio,

habríais obtenido otra respuesta que la de este rollo.

Pasadlo bien; vuestra esperanza está fallida.

Fallida, en efecto, y mis esfuerzos están perdidos.

¡Adiós, pues, llama abrasadora! ¡Salud, corazón de

hielo! ¡Porcia, adiós! Tengo el corazón demasiado

dolorido para una despedida tediosa. Así se retiran los

que pierden.

(Sale con su séquito. Trompetería.)

PORCIA.- ¡Buen desembarazo! ¡Vaya, corred las cortinas! ¡Que todos los que tienen su mismo color elijan como él! (Salen.)

Escena VIII

Venecia. -Una calle.

Entran SALARINO y SALANIO.

SALANIO.- Sí, hombre, he visto a Bassanio embarcarse; Graciano ha partido con él, pero Lorenzo, estoy seguro de ello, no iba en su nave.

SALARINO.- Ese bribón de judío ha despertado al dux con sus gritos y le ha hecho venir con él a registrar la embarcación de Bassanio.

SALANIO.- Ha venido demasiado tarde. El bajel se había dado a la vela, pero sobre el puente se ha oído decir al dux que Lorenzo y su enamorada Jessica habían sido vistos juntos en una góndola. Además, Antonio ha certificado al dux que ellos no estaban en el bajel de Bassanio.

SALARINO.- No he oído jamás quejas tan desprovistas de razón, tan estrambóticas, tan terribles, tan variables como las que ese perro de judío ha hecho resonar por las calles: «¡Mi hija! ¡Mis ducados! ¡Oh, mi hija huida con un cristiano! ¡Oh mis ducados cristianos! ¡Justicia! ¡La ley! ¡Mis ducados y mi hija! ¡Un saco, dos sacos llenos de ducados, de dobles ducados, que se ha llevado consigo mi hija! ¡Y joyas! ¡Dos piedras, dos ricas y preciosas piedras robadas por mi hija! ¡Justicia! ¡Que se encuentre a mi hija! ¡Lleva encima las piedras y los ducados!»

SALANIO.- A fe que todos los chicos de Venecia le siguen gritando: «¡Sus piedras, su hija, sus ducados!»

SALARINO.- Que el bueno de Antonio ponga mucho cuidado en ser exacto el día dicho, o será él quien pague por esta aventura.

SALANIO.- ¡Pardiez!, me recordáis a este propósito que ayer, hablando con un francés, me dijo que en los mares estrechos que separan Francia de Inglaterra, un barco de nuestro país, con rico cargamento, había naufragado; pensé en Antonio cuando me lo dijo, y en silencio anhelé que ese buque no fuera suyo.

SALARINO.- Haríais bien en informar a Antonio de lo que habéis oído; sin embargo, no lo hagáis precipitadamente, porque eso podría entristecerle.

SALANIO.- No pisa la tierra caballero más bondadoso. Los he visto separarse a Bassanio y a él. Bassanio le decía que apresuraría su regreso. Él ha respondido: «No hagáis tal, no estropeéis vuestro negocio por un exceso de precipitación a causa mía, Bassanio, sino tomaos todo el tiempo necesario para que pueda madurar. En cuanto al pagaré que puse en manos del judío, no inquietéis por ello a vuestro enamorado espíritu; estad alegre y emplead vuestros mejores pensamientos en hacer vuestra corte y en desplegar todas las bellas pruebas de amor que os sea conveniente mostrar». Y entonces, con los ojos llenos de lágrimas, volviendo la cara, le ha tendido la mano por detrás y, con una ternura singularmente expresiva, ha oprimido la de Bassanio; luego se han separado.

SALARINO.- Creo verdaderamente que no vive en este mundo más que para Bassanio. Partamos, te lo ruego; tratemos de encontrarle y de sacudir esa melancolía que se ha apoderado de él por una causa o por otra.

SALANIO.- Sí, hagámoslo. (Salen.)

Escena IX

Belmont. -Una sala en el castillo de PORCIA.

Entra NERISSA con un criado.

NERISSA.- Pronto, pronto, te lo suplico; descorre inmediatamente la cortina. El príncipe de Aragón ha prestado su juramento y viene a hacer su elección al instante.

(Trompetería. Entran el PRÍNCIPE DE ARAGÓN, PORCIA y su séquito.)

PORCIA.- Mirad, aquí están los cofrecitos, noble príncipe; si escogéis el que contiene mi retrato, las ceremonias de nuestro casamiento se celebrarán en seguida; pero, si os equivocáis, deberéis, señor mío, sin hablar más, partir de aquí inmediatamente.

PRÍNCIPE DE ARAGÓN.- Me he comprometido, bajo juramento, a tres cosas: la primera, a no revelar jamás a nadie el cofrecito que elija; la segunda, a no hablar nunca de matrimonio a una doncella durante toda mi vida, si me equivoco de cofrecito; la tercera, a despedirme de vos y partir si la fortuna me es contraria.

PORCIA.- Esas son las condiciones que debe jurar quienquiera que venga aquí a correr los azares de la suerte por mi insignificante persona.

PRÍNCIPE DE ARAGÓN.- Y así me he preparado. ¡Fortuna, responde ahora a las esperanzas de mi corazón!... Oro, plata y plomo vil. Quien me escoja debe dar y aventurar todo lo que tiene. Haréis bien en tomar más bello aspecto antes que yo dé o aventure alguna cosa. ¿Qué dice el cofrecito de oro? ¡Ah, veamos! Quien me escoja ganará lo que muchos desean. ¡Lo que muchos hombres desean! Ese muchos debe, sin duda, entenderse de la loca multitud que escoge por la apariencia, que no sabe más que lo que le muestran sus ojos enamorados de la superficialidad, que no penetra en el interior de las cosas, sino que, como el vencejo, fabrica su nido a la intemperie, sobre el muro exterior, en medio de los peligros y en el camino mismo de los accidentes. No escogeré lo que muchos desean porque no quiero ponerme al nivel de los espíritus vulgares y confundirme en las filas de las bárbaras muchedumbres. Bien; ahora a ti, palacio de plata; recítame de nuevo la inscripción que llevas. Quien me escoja obtendrá tanto como merece. Y está muy bien dicho, porque ¿quién intentará engañar a la fortuna y pretender elevarse en honores si no tiene méritos para ello? Nadie presuma investirse de una dignidad inmerecida. ¡Oh, si fuera posible que los bienes, las jerarquías, los empleos, no se alcanzaran por medio de la corrupción! ¡Si fuera posible que los honores se adquirieran siempre por el mérito del que los obtiene! ¡Cuántos hombres andarían vestidos que ahora van desnudos! ¡Cuántos son mandados que mandarían! ¡Cuánta baja rusticidad se encontraría al separar el buen grano del verdadero honor, y cuánto honor se recogería entre los escombros y las ruinas hechas por el tiempo, para restituirle a su antiguo esplendor! ¡Bien, hagamos nuestra elección! Quien me escoja obtendrá tanto como merece. Me detengo ante el mérito. Dadme la llave de este cofrecito, y abramos inmediatamente la puerta de mi fortuna. (Abre el cofrecito de plata.)

PORCIA.- Pausa excesivamente larga para el objeto que encontráis ahí dentro.

PRÍNCIPE DE ARAGÓN.- ¿Qué es esto? El retrato de un idiota parpadeando que me ofrece un rollo. Voy a leerlo. ¡Oh, cuán diferente eres tú de Porcia! ¡Cuán diferente de mis esperanzas y de mi mérito! Quien me escoja obtendrá tanto como merece. ¿Es que no merezco nada mejor que una cabeza de idiota? ¿Es esto todo lo que valgo? ¿Mis dotes no tienen más precio?

PORCIA.- Ofender y juzgar son dos actos distintos y de naturaleza opuesta.

PRÍNCIPE DE ARAGÓN.- ¿Qué hay escrito?

(Lee.)

El fuego ha probado siete veces este metal;

siete veces también ha sido probado el juicio

de quien no ha errado nunca al escoger.

Los hay que abrazan a las sombras,

y esos poseen una dicha de sombras.

Existen, lo sé, imbéciles vivientes,

plateados al exterior; este era uno de ellos.

Casaos con la mujer que os plazca.

Mi cabeza será siempre la vuestra.

Partid, pues, de aquí; estáis despedido.

Mientras más tiempo permanezca en estos lugares, más

insensato pareceré en ellos. He venido con una cabeza de

necio para contraer matrimonio y me vuelvo con dos.

¡Adiós, encantadora! Mantendré mi juramento y soportaré

pacientemente mi desgracia.

(Sale con su séquito.)

PORCIA.- Así la falena se ha quemado en la luz. ¡Oh, esos idiotas de reflexiones profundas! Cuando han de elegir tienen la sabiduría de perder a fuerza de talento.

NERISSA.- No es una herejía el antiguo refrán que dice: «Matrimonio y mortaja del cielo baja».

PORCIA.- Salgamos; corre la cortina, Nerissa.

(Entra un MENSAJERO.)

MENSAJERO.- ¿Dónde está mi señora?

PORCIA.- Aquí. ¿Qué desea mi señor?

MENSAJERO.- Señora, ha descendido en vuestra puerta un joven veneciano, que se ha adelantado para anunciar la llegada de su señor, de quien os trae tangibles homenajes, consistentes, además de los saludos y palabras corteses, en ricos regalos. No he visto todavía un embajador de amor que responda tan bien a su cometido. Nunca un día de abril ha venido tan deliciosamente a anunciar la próxima llegada del opulento estío como este mensajero la aproximación de su amo.

PORCIA.- No más, te lo ruego; casi tengo miedo de que vengas en seguida a decirme que es alguno de tu familia, al verte gastar en alabarle semejante talento de los días de fiesta. Ven, ven, Nerissa; porque tengo prisa de ver a ese correo del gentil Cupido que se presenta con tan buen augurio.

NERISSA.- ¡Oh señor Amor, haz que sea Bassanio! (Salen.)

****

Acto Tercero

Escena I

Venecia. -Una calle.

Entran SALANIO y SALARINO.

SALANIO.- Hola, ¿qué noticias hay de Rialto?

SALARINO.- Pues bien; todavía corre el rumor, sin que sea desmentido, de que un buque ricamente cargado, de Antonio, ha naufragado en el estrecho; en los Goodwins, que tal es el nombre del sitio en que se ha sumergido: un escollo peligroso y fatal, donde los cascos de una multitud de grandes barcos han encontrado su sepultura, según se dice, si mi compadre el rumor es un honrado individuo fiel a su palabra.

SALANIO.- Quisiera que en esta circunstancia fuese tan embustero como la más embustera comadre que haya injerido jengibre o hecho creer a sus vecinas que lloraba por la muerte de su tercer marido. Pero sin incurrir en prolijidad, o desviarnos del camino principal de la conversación, la verdad es que el buen Antonio, el honrado Antonio... ¡Oh, que no tenga un epíteto bastante honorable para acompañarlo a su nombre!

SALARINO.- Veamos, llega al final.

SALANIO.- ¡Ah! ¿Qué dices? ¡Vaya! El final es que ha perdido un bajel.

SALARINO.- Quisiera que ese fuese el final de sus pérdidas.

SALANIO.- Déjame decir muy aprisa amén, no sea que el diablo destruya el efecto de mi plegaria, porque ahí lo tienes, que llega bajo la figura de un judío. (Entra SHYLOCK.) ¡Hola, Shylock! ¿Qué novedades hay entre los mercaderes?

SHYLOCK.- Estáis enterados mejor que nadie, mejor que nadie, de la fuga de mi hija.

SALARINO.- Es cierto; por mí, conozco al sastre que ha confeccionado las alas con que ha huido.

SALANIO.- Y Shylock, por su parte, sabía que el ave tenía plumas; y es natural en las aves abandonar su nido cuando tienen plumas.

SHYLOCK.- Será condenada por eso.

SALARINO.- Indudablemente, si el diablo pudiera ser su juez.

SHYLOCK.- ¡Mi carne y mi sangre revelarse así!

SALANIO.- ¡Fuera, fuera, vieja carroña! ¿Es que se revela eso a tu edad?

SHYLOCK.- Digo que mi hija es mi carne y mi sangre.

SALARINO.- Existe más diferencia entre tu carne y la suya que entre el ébano y el marfil; más diferencia entre vuestras dos sangres que entre el vino tinto y el vino del Rhin. Pero, decidnos: ¿habéis oído o no decir que Antonio había tenido una pérdida en el mar?

SHYLOCK.- He ahí otro buen negocio más para mí. ¡Un quebrado, un pródigo, que apenas se atreve a asomar la cabeza por el Rialto! ¡Un mendigo, que tenía costumbre de venir a hacerse el elegante en el mercado! ¡Que tenga cuidado con su documento! Tenía el hábito de llamarme usurero; que tenga cuidado con su pagaré. Tenía la costumbre de prestar dinero por caridad cristiana; que tenga cuidado con su papel.

SALARINO.- ¡Bah! Estoy seguro de que, si no está en regla, no le tomarás su carne. ¿Para qué sería buena?

SHYLOCK.- Para cebar a los peces. Alimentará mi venganza, si no puede servir para nada mejor. Ha arrojado el desprecio sobre mí, me ha impedido ganar medio millón; se ha reído de mis pérdidas, se ha burlado de mis ganancias, ha menospreciado mi nación, ha dificultado mis negocios, enfriado a mis amigos, exacerbado a mis enemigos, y ¿qué razón tiene para hacer todo esto? Soy un judío. ¿Es que un judío no tiene ojos? ¿Es que un judío no tiene manos, órganos, proporciones, sentidos, afectos, pasiones? ¿Es que no está nutrido de los mismos alimentos, herido por las mismas armas, sujeto a las mismas enfermedades, curado por los mismos medios, calentado y enfriado por el mismo verano y por el mismo invierno que un cristiano? Si nos pincháis, ¿no sangramos? Si nos cosquilleáis, ¿no nos reímos? Si nos envenenáis, ¿no nos morimos? Y si nos ultrajáis, ¿no nos vengaremos? Si nos parecemos en todo lo demás, nos pareceremos también en eso. Si un judío insulta a un cristiano, ¿cuál será la humildad de este? La venganza. Si un cristiano ultraja a un judío, ¿qué nombre deberá llevar la paciencia del judío, si quiere seguir el ejemplo del cristiano? Pues venganza. La villanía que me enseñáis la pondré en práctica, y malo será que yo no sobrepase la instrucción que me habéis dado.

(Entra un CRIADO.)

CRIADO.- Señores, mi amo Antonio está en su casa y desea hablaros.

SALARINO.- Le hemos buscado por todos sitios.

SALANIO.- He ahí llegar otro de la tribu. No se encontraría un tercero de la misma especie, a no ser que el diablo mismo se hiciese judío.

(Salen SALANIO, SALARINO y el CRIADO.)

(Entra TUBAL.)

SHYLOCK.- ¡Hola, Tubal! ¿Qué noticias hay de Génova? ¿Has hallado a mi hija?

TUBAL.- He parado en más de un lugar donde se hablaba de ella, pero no he podido encontrarla.

SHYLOCK.- ¡Oh, ay, ay, ay! ¡Un diamante perdido que me había costado dos mil ducados en Francfort! La maldición no había nunca caído sobre nuestro pueblo hasta la fecha; yo no la había sentido jamás hasta hoy. ¡Dos mil ducados perdidos con ese diamante, y otras preciadas, muy preciadas alhajas! Quisiera que mi hija estuviera muerta a mis plantas, con las joyas en sus orejas; quisiera que estuviese enterrada a mis pies con los ducados en su féretro. ¿Ninguna noticia de los fugitivos? No, ninguna. Y no sé cuánto dinero gastado en pesquisas. ¡Ah! ¿Ves tú? ¡Pérdida sobre pérdida! ¡El ladrón ha partido con tanto, y ha sido necesario dar tanto para encontrar al ladrón, y ninguna satisfacción, ninguna venganza, ninguna mala suerte para otras espaldas que las mías, ningunos otros suspiros que los que yo lanzo, ningunas otras lágrimas que las que yo vierto!

TUBAL.- ¡Sí, otros hombres tienen también su mala suerte! Antonio, por lo que he sabido en Génova...

SHYLOCK.- ¿Qué, qué, qué? ¿Una desgracia? ¿Una desgracia?

TUBAL.- Ha perdido un galeón que venía de Trípoli.

SHYLOCK.- ¡Gracias a Dios! ¡Gracias a Dios! ¿Es verdad?

TUBAL.- He hablado con algunos de los marineros que han escapado del naufragio.

SHYLOCK.- Te doy las gracias, mi buen Tubal. ¡Buenas noticias! ¡Buenas noticias! ¡Ja, ja! ¿Dónde fue eso? ¿En Génova?

TUBAL.- Vuestra hija ha gastado en Génova, según he oído decir, ochenta ducados en una noche.

SHYLOCK.- Me hundes un puñal en el corazón; no volveré a ver más mi oro. ¡Ochenta ducados de una sola vez! ¡Ochenta ducados!

TUBAL.- Han venido en mi compañía, camino de Venecia, diversos acreedores de Antonio, que juraban que no podría evitar la bancarrota.

SHYLOCK.- Me alegro mucho de eso; le haré padecer, le torturaré. Estoy gozoso.

TUBAL.- Uno de estos acreedores me ha enseñado un anillo que había recibido de vuestra hija a cambio de un mono.

SHYLOCK.- ¡Maldita sea! Me atormentas, Tubal. Era mi turquesa. La adquirí de Leah cuando era mu chacho; no la habría dado por todo un desierto lleno de monos.

TUBAL.- Pero Antonio está ciertamente arruinado.

SHYLOCK.- Sí, sí, es verdad; es muy cierto. Anda, Tubal; tenme a sueldo un corchete; prevenle con quince días de anticipación. Si no está puntual en el día fijado, quiero tener su corazón; porque, una vez fuera de Venecia, podré hacer todo el negocio que se me antoje. Anda, Tubal, y ven a reunirte conmigo en nuestra sinagoga; anda, mi buen Tubal; a nuestra sinagoga, Tubal. (Salen.)

Escena II

Belmont - Una sala en el castillo de PORCIA.

Entran BASSANIO, PORCIA, GRACIANO, NERISSA y las gentes del séquito.

PORCIA.- No os apresuréis, os lo suplico; esperad un día o dos antes de consultar la suerte, pues si escogéis mal, pierdo vuestra compañía; así, pues, aguardad un poco. Hay algo que me dice -¡oh, no es el amor!- que no quisiera perderos, y sabéis vos mismo que no es el odio el que aconseja tal disposición de espíritu, sino el miedo de que no me comprendáis bien -y, sin embargo, una joven no tiene otro lenguaje que su pensamiento-; querría reteneros aquí un mes o dos antes de que os pusieseis por mi causa en manos de la fortuna. Podría enseñaros el medio de escoger bien, pero entonces sería perjura, y no lo seré jamás. Por otra parte, podéis perderme; y si eso ocurre, me haréis deplorar el no haber cometido el pecado de perjura. Malditos sean vuestros ojos. Me han embrujado y partido en dos mitades. La una es vuestra; la otra es a medias vuestra; mía, quiero decir; pero si es mía es vuestra, y de ese modo soy toda de vos. ¡Oh, época malvada, que pone barreras entre los poseedores y sus derechos legítimos! Así, aunque de vos, no soy vuestra. Si las cosas se ponen mal, que sea la fortuna la que pague los vidrios rotos, y no yo. Hablo demasiado, pero es por ganar tiempo, por estirarle, por alargarle, con el fin de haceros aplazar vuestra elección.

BASSANIO.- Dejadme elegir, pues en mi situación presente estoy en el potro del tormento.

PORCIA.- ¿En el tormento, Bassanio? Entonces declarad qué especie de traición está mezclada a vuestro amor.

BASSANIO.- Ninguna, si no es esa horrenda traición de la inquietud, que me hace temer por la posesión de mi amor. Igual podría existir pacto y amistad entre la nieve y el fuego, que entre la traición y mi amor.

PORCIA.- Sí, pero habláis sobre el potro, que hace decir a las víctimas todo lo que se quiere.

BASSANIO.- Prometedme la vida y confesaré la verdad.

PORCIA.- Pues bien, entonces confesad y vivid.

BASSANIO.- Confesar que os amo y amaros habría sido el verdadero resumen de mi confesión. ¡Oh, feliz tormento, puesto que mi atormentador me enseña las respuestas de liberación! Pero conducidme a los cofrecitos y hacia mi fortuna.

(Se descorre la cortina y aparecen los cofrecitos.)

PORCIA.- Pues bien, sea entonces. Uno de estos cofrecitos contiene mi retrato; si me amáis, me descubriréis seguidamente. Nerissa, y vosotros todos, manteneos a distancia. Que la música toque mientras elige, de manera que, si pierde, haga un final de cisne, y desaparezca durante la melodía. Y, con el objeto de que la comparación sea aún más justa, mis ojos serán las corrientes de agua que le servirán de húmedo lecho mortuorio. Puede ganar, y entonces, ¿qué será la música? Pues bien, entonces la música ocupará el lugar de esas bandas que acompañan las reverencias de los fieles súbditos ante un rey nuevamente coronado, o será como esos armoniosos sones que al amanecer se deslizan en los oídos del novio dormido para llamarle al matrimonio. Ahora se adelanta con tanta soberbia, pero con más amor que el joven Alcides, cuando rescató a Troya doliente del tributo de las vírgenes, pagado al monstruo marino. Soy la víctima destinada al sacrificio, y las otras aquí presentes son las mujeres dárdanas, que con el terror en el semblante vienen a contemplar el resultado de la empresa. ¡Marcha, Hércules! Si vives, viviré. Contemplo este combate con mucho más espanto que tú, que sostienes la lucha.

(La música acompaña este canto mientras BASSANIO busca mentalmente descubrir el secreto de los cofrecitos.)

(Canción.)

Dime dónde nace la pasión.

¿Es en el corazón o en el cerebro?

¿Cómo se engendra? ¿Cómo se nutre?

Responde, responde.

Se engendra en los ojos,

se nutre de miradas y muere

en la cuna donde reposa.

Repiquemos todos el toque funeral de la pasión.

Voy a comenzar: ¡Din, don, ton!

EL CORO

¡Din, don, ton!

BASSANIO.- Las más brillantes apariencias pueden cubrir las más vulgares realidades. El mundo vive siempre engañado por los relumbrones. En justicia, ¿qué causa tan sospechosa y depravada existe que una voz persuasiva no pueda, presentándola con habilidad, disimular su odioso aspecto? En religión, ¿qué error detestable hay, cuya enormidad no pueda desfigurar bajo bellos adornos un personaje de grave continente, bendiciéndolo y apoyándolo en textos adecuados? No hay vicio tan sencillo que no consiga dar en su aspecto exterior alguno de los signos de la virtud. ¡Cuántos cobardes, cuyos corazones son tan falsos como gradas de arena y a quienes cuando se les escruta interiormente se encuentra el hígado blanco como la leche, llevan en sus rostros las barbas de Hércules y de Marte, con el ceño malhumorado! No se adornan con estas excrecencias del valor más que para hacerse temibles. Contemplad una belleza y veréis que está comprada al peso; una especie de milagro se verifica que hace más livianas a aquellas que tienen una mayor cantidad. Así, esos bucles dorados, enroscados en serpentina, que voltejean lascivos con el viento, sobre una cabeza de belleza supuesta, examinados de cerca resultan a menudo no ser sino los viudos de otra cabeza, cuyo cráneo que los sustentó yace en el sepulcro. El ornamento no es, pues, más que la orilla falaz de una mar peligrosa; el brillante velo que cubre una belleza indiana; en una palabra, una verdad superficial de la que el siglo, astuto, se sirve para atrapar a los más sensatos. Por eso te rechazo en absoluto, oro, alimento de Midas, y a ti también, pálido y vil agente entre el hombre y el hombre; pero a ti, débil plomo, que amenazas más bien que prometes, tu sencillez me convence más que la elocuencia, y es a ti al que escojo. ¡Que sea dichosa la consecuencia de esta elección!

PORCIA.- ¡Cómo se disipan en el aire todas las pasiones que me agitaban, excepto una sola: ansiedades de dudas, desesperación de la precipitación temeraria, temor tembloroso, celos de ojos verdes! ¡Oh amor, modérate; comprime tu éxtasis, haz derramar tu alegría mesuradamente, limita tu ardor! ¡Siento demasiado vivamente tu dicha; disminúyela, antes que llegue a trastornarme!

BASSANIO.- (Abriendo el cofre de plomo.) ¿Qué es lo que encuentro aquí? ¡El retrato de la bella Porcia! ¿Qué semidiós ha sabido aproximarse tanto a la creación? Estos ojos, ¿se mueven o parece que están en movimiento porque dejan atónitas las miradas de los míos? Aquí están los labios, entreabiertos, separados por una respiración aromada; tan dulce barrera merecería separar tan dulces amigos. En sus cabellos, el pintor ha imitado a la araña y ha tejido una red de oro para prender los corazones de los hombres en más grande número que los insectos se enredan en las telarañas. Pero los ojos, ¿cómo ha podido verlos lo bastante para pintarlos? Parece que el pintar uno solo era lo suficiente para hacerle perder los dos suyos, y detenerle así en su tarea. Mirad, sin embargo. Tanto más daña la realidad de mis elogios a esta figura, al desvalorizarla, cuanto el mismo retrato queda cojo en comparación con la viviente realidad. Mas he aquí el rollito que contiene la expresión somera de mi suerte feliz.

(Lee.)

¡A vos, que no escogéis por la apariencia,

suerte siempre tan feliz y elección tan verdadera!

Ya que esta buena fortuna os alcanza,

contentaos con ella y no busquéis otra nueva.

Si os sentís satisfecho con esto,

y si consideráis vuestra aventura para dicha vuestra,

volveos del lado de vuestra dama

y reclamadla con un beso de amor.

¡Rollo encantador! Bella dama, con vuestro permiso,

vengo con mi escrito en la mano para dar y recibir. (La

besa.) Como cuando dos luchadores se disputan una

victoria, el que piensa haberse portado bien a los ojos

del pueblo, esperando los aplausos y los vítores

unánimes, se detiene con el espíritu lleno de

confusiones y calcula, indeciso, si esas aclamaciones

elogiosas se dirigen o no a él; así, tres veces, bella

dama, me detengo dudoso de saber si lo que veo es

verdad, hasta que me lo hayáis afirmado, confirmado y

ratificado.

PORCIA.- Vedme aquí, señor Bassanio, tal como soy. Por lo que a mí se refiere, no alimentaré ningún ambicioso deseo de ser mejor de lo que soy; pero por vos quisiera triplicarme veinte veces; quisiera ser mil veces más bella, mil veces más rica; y, en fin, solamente por elevarme más de lo que vos me estimáis, quisiera en riquezas, en virtudes, en hermosuras, en amigos, exceder todo cálculo. Pero la suma total de mi persona equivale a cero; es decir, para expresarme con brevedad, equivale a una joven sin instrucción, sin saber, sin experiencia, dichosa ante todo de no ser aún tan vieja que no pueda aún aprender; más feliz, porque no es tan falta de talento que no pueda aprender, y dichosa por encima de todo de poder confiar mi espíritu dócil a los cuidados del vuestro, para que lo dirija como su dueño, su gobernador y su rey. Mi persona y lo que me pertenece os son transferidos y se convierten en vuestros; no hace más que un instante yo era la soberana de este espléndido castillo, el ama de mis criados, la dueña de mí misma. Y ahora, ahora este castillo, estos criados, esta persona que soy, son vuestros, señor. Os los doy con este anillo. Si alguna vez os separáis de él, lo perdéis o lo dais, que sea presagio de la ruina de vuestro amor, y para mí la legítima ocasión de quejarme de vos.

BASSANIO.- Señora, me habéis privado de todo poder de expresión; mi sangre solamente os responde en mis venas, y hay en mis facultades una confusión parecida a la que se manifiesta después de un discurso elocuente pronunciado por un príncipe popular entre la multitud henchida de satisfacción, cuando de esos murmullos de conjunto sale aquel ruido indistinto en que no hay nada más que una alegría demostrada y no demostrada a la vez. Pero cuando esta sortija se separe de mi dedo será que la vida me abandona. ¡Oh, entonces podréis decir decididamente: Bassanio ha muerto!

NERISSA.- Señor y señora; ahora nos corresponde a nosotros, que hemos sido espectadores y hemos visto cumplirse nuestros anhelos, gritar: ¡Felicidad completa; felicidad completa, señor y señora!

GRACIANO.- Señor Bassanio, y vos, noble dama: os deseo toda la dicha que podéis anhelar, pues estoy seguro que vuestras aspiraciones no pueden estar en contra mía; así, cuando vuestras señorías solemnicen el contrato de su enlace, os pido que me permitáis casarme al mismo tiempo.

BASSANIO.- Con todo mi corazón, si logras encontrar mujer.

GRACIANO.- Doy gracias a vuestra señoría; me habéis hallado una. Mis ojos, señor, pueden tener miradas tan vivas como los vuestros. Vos contempláis al ama; yo contemplo a la doncella. Vos amáis; yo amo también, pues la pasividad no me va más a mí que a vos, señor. Vuestra fortuna dependía de esos cofrecitos, y las circunstancias hacían que la mía también dependiese de ellos; pues después de haber estado cortejando aquí hasta sudar a mares y haber prestado juramento de amor hasta secarme el paladar, tengo, al fin -si una promesa es un fin-, promesa de esta bella aquí presente de conseguir su amor si vuestra fortuna, os hacía conquistar a su ama.

PORCIA.- ¿Es verdad, Nerissa?

NERISSA.- Sí, señora, si es de vuestro gusto.

BASSANIO.- Y vos, Graciano, ¿vais de buena fe?

GRACIANO.- Sí, señor; de buena fe.

BASSANIO.- Nuestras bodas serán muy realzadas con las vuestras.

GRACIANO.- Apostamos contra ellas mil ducados a quien tenga el primer hijo.

NERISSA.- ¡Cómo! ¿Y apostáis flojo?

GRACIANO.- No, en este juego no se gana nunca si se apuesta flojo. Pero ¿quién viene aquí? Lorenzo y su bella pagana. ¡Vaya, y también mi viejo amigo de Venecia, Salanio!

(Entran LORENZO, JESSICA y SALANIO.)

BASSANIO.- Lorenzo y Salanio, sed aquí bien venidos, si es que mis títulos en estos lugares no son aún demasiado nuevos para permitirme desearos la bienvenida. Con vuestro permiso, dulce Porcia, deseo la bien venida a mis amigos y a mis compatriotas.

PORCIA.- Hago lo mismo, señor; sean completamente bien venidos.

LORENZO.- Doy las gracias a vuestra señoría. Por mi parte, señor, mi intención no era visitaros aquí; pero Salanio, a quien he encontrado en el camino, me ha comprometido de tal manera, que no he podido rehusar.

SALANIO.- Es cierto, señor, y tenía mis razones para ello. El signor Antonio os saluda. (Da una carta a BASSANIO.)

BASSANIO.- Antes de abrir esta carta, decidme, os lo ruego, cómo le va a mi excelente amigo.

SALANIO.- No está enfermo, a menos que no esté enfermo del alma, y no está muy saludable tampoco, a menos que esté saludable del espíritu. Su carta, que aquí está, os dirá cómo se encuentra.

(BASSANIO lee la carta.)

GRACIANO.- Nerissa, dispensad buena acogida a esa extranjera y dadla la bienvenida. La mano, Salanio. ¿Qué noticias hay de Venecia? ¿Cómo se encuentra ese mercader real, ese buen Antonio? Sé que estará contento de nuestra suerte. Somos los jasones; hemos conquistado el vellocino.

SALANIO.- Quisiera que hubieseis conquistado el toisón que él ha perdido.

PORCIA.- Esta carta contiene algunas malas noticias que hacen perder sus colores a las mejillas de Bassanio. Algún querido amigo muerto, sin duda, pues ninguna otra cosa en el mundo podría trastornar hasta ese punto la fisonomía de un hombre de firme carácter. ¡Cómo! ¡De mal en peor! Con vuestro permiso, Bassanio, soy vuestra mitad, y debo generosamente compartir el efecto de las noticias que os traiga esa carta.

BASSANIO.- ¡Oh, dulce Porcia! Esta carta contiene unas cuantas palabras de lo más desagradable que mancharon papel alguno jamás. Encantadora dama, cuando por primera vez os confesé mi amor, os dije francamente que toda mi riqueza corría por mis venas, que consistía en mi calidad de caballero, y entonces os dije la verdad. Y, sin embargo, querida señora, al valorarme en nada, veréis cuán jactancioso he sido. Cuando os dije que mi fortuna equivalía a cero, debí deciros que estaba por debajo de cero, porque verdaderamente me he empeñado con un amigo muy querido, y he hecho que se empeñe mi amigo con su enemigo más mortal para subvenir a mis gastos. He aquí una carta, señora, cuyo papel es como el cuerpo de mi amigo, y cada una de sus palabras, como una herida abierta que deja escapar la vida con la sangre. Pero ¿es verdad, Salanio? ¿Todas sus expediciones han fracasado? ¿Ni una sola ha conseguido triunfar? ¡Cómo! ¿A la vez las de Trípoli, de Méjico, de Inglaterra, de Lisboa, de los Estados berberiscos, de la India? ¿Ni un solo bajel ha escapado al choque terrible de las rocas, ruina de los mercaderes?

SALANIO.- Ni uno solo, señor. Además, dijérase que aun cuando tuviera el dinero para reembolsar al judío, este no lo aceptaría. Jamás he visto una criatura, revestida de forma humana, más ávida y más anhelante de la pérdida de un hombre. Asedia de día y de noche al dux, y declara que no existe seguridad en Venecia si se le niega justicia. Veinte mercaderes, el dux mismo y los magníficos más notables han tratado de dulcificarle; pero nada puede disuadirle de su odiosa machaconería: incumplimiento de promesa, justicia, pagaré firmado.

JESSICA.- Cuando yo estaba con él, le he oído jurar ante Tubal y Chus, sus compatriotas, que quería mejor la carne de Antonio que veinte veces la suma que le debía; y sé, señor, que si la ley, la autoridad y el poder dejan marchar las cosas, lo pasará mal ese pobre Antonio.

PORCIA.- ¿Es vuestro querido amigo el que se halla en semejante desgracia?

BASSANIO.- El más querido de mis amigos, el hombre más afectuoso, el alma más generosa y la más infatigable en rendir servicios; la persona en quien más que en ninguna otra que alienta en Italia aparece el antiguo honor romano.

PORCIA.- ¿Qué suma debe al judío?

BASSANIO.- Le debe por mí tres mil ducados.

PORCIA.- ¡Cómo! ¿Nada más? Pagadle con seis mil y romped el pagaré; doblad esos seis mil y aun triplicad esa última suma antes que Bassanio deje que pierda un cabello por su culpa un amigo tal como lo describe. Venid primero conmigo a la iglesia y dadme el título de esposa y luego id a Venecia inmediatamente a encontraros con vuestro amigo, porque no os acostaréis jamás al lado de Porcia con el alma intranquila. Tendréis oro en cantidad suficiente para pagar veinte veces esa pequeña suma; cuando esté pagada, retornad trayendo ese amigo verdadero. Mi doncella Nerissa y yo viviremos durante ese tiempo como vírgenes y viudas. ¡Vamos, salgamos de aquí!, pues es menester que partáis el mismo día de vuestra boda. Haced buena acogida a vuestros amigos; mostradles alegre semblante. Puesto que os he comprado caro, os amaré raramente. Pero dejadme que oiga la carta de vuestro amigo.

BASSANIO.- (Leyendo.) «Mi querido Bassanio: mis barcos se han perdido todos; mis acreedores se muestran crueles; mi fortuna está en lo más bajo; mi pagaré suscrito al judío no ha sido satisfecho en su plazo, y como no pagándole es imposible que yo viva, todas vuestras deudas conmigo quedarán saldadas con sólo que os vea antes de morir. Sin embargo, obrad como os sea más agradable, y que mi carta no os obligue a venir, si vuestra amistad no llega a induciros a ello.»

PORCIA.- ¡Oh, querido, despachad todos vuestros asuntos y partid!

BASSANIO.- Puesto que me dais permiso para partir, voy a obrar con diligencia; pero creed que, hasta mi regreso, ningún lecho será culpable de mi retraso, ningún descanso vendrá a interponerse entre nosotros dos. (Salen.)

Escena III

Venecia. -Una calle.

Entran SHYLOCK, SALARINO, ANTONIO y un carcelero.

SHYLOCK.- Carcelero, vigiladle. No me habléis de clemencia; ahí está el imbécil que prestaba dinero gratis. Carcelero, vigiladle.

ANTONIO.- Escuchadme aún, mi buen Shylock.

SHYLOCK.- Quiero que las condiciones de mi pagaré se cumplan; he jurado que serían ejecutadas. Me has llamado perro cuando no tenías razón ninguna para hacerlo; pero, puesto que soy un perro, ten cuidado con mis dientes. El dux me otorgará justicia. Me extraña, inútil carcelero, que seas lo bastante idiota para salir con él cuando te lo pide.

ANTONIO.- Te lo ruego, escúchame.

SHYLOCK.- Quiero que se cumplan las condiciones de mi pagaré; no quiero escucharte; por consiguiente, no me hables más. No haréis de mí uno de esos buenazos imbéciles, plañideros que van a agitar la cabeza, ablandarse, suspirar y ceder a los intermediarios cristianos. No me sigas; no quiero discursos; quiero el cumplimiento del pagaré. (Sale.)

SALARINO.- Es realmente el perro más impenetrable a la piedad que haya tratado en la vida con los hombres.

ANTONIO.- Dejadle tranquilo; no le fatigaré más con súplicas inútiles. Pretende mi vida, y sé por qué; a menudo he sacado de sus garras a los deudores que venían a gemir ante mí; por eso me odia.

SALARINO.- Estoy seguro de que el dux no otorgará jamás la ejecución de ese contrato.

ANTONIO.- El dux no puede impedir a la ley que siga su curso, a causa de las garantías comerciales que los extranjeros encuentran cerca de nosotros en Venecia; suspender la ley sería atentar contra la justicia del Estado, puesto que el comercio y la riqueza de la ciudad dependen de todas las naciones. Por tanto, marchemos; estos disgustos y estas pérdidas me han aplanado tanto, que apenas si estaré mañana en estado de suministrar una libra de carne a mi cruel acreedor. ¡Vamos, carcelero, marchemos! ¡Dios quiera que Bassanio venga para verme pagar su deuda, y después no tendré ya más preocupaciones. (Salen.)

Escena IV

Belmont. -Una sala en el castillo de PORCIA.

Entran PORCIA, NERISSA, LORENZO, JESSICA y BALTASAR.

LORENZO.- Señora, lo declaro, aunque estéis presente; tenéis de la divina amistad una idea noble y verdadera; y la mostráis valientemente por la manera como aceptáis la ausencia de vuestro esposo. Pero si sabéis a quién hacéis este honor, a qué leal caballero prestáis ayuda, a qué entrañable amigo de vuestro señor esposo, estoy seguro de que os mostraréis más envanecida de vuestra obra que si se tratara de cualquier otro beneficio ordinario.

PORCIA.- No me he arrepentido jamás de haber hecho el bien, y no me arrepentiré hoy; porque entre compañeros que viven en trato familiar y pasan el tiempo juntos, cuyas almas comparten un yugo igual de afecto, debe existir necesariamente una similitud de caracteres, de maneras y de sentimientos; lo que me impulsa a pensar que este Antonio debe de asemejarse forzosamente a mi señor, puesto que es el amigo del alma de mi señor. Si ello es así, ¡cuán pequeño es el premio que he dado para rescatar de la garra de una infernal crueldad esa imagen de mi amor! Pero este lenguaje se acerca excesivamente a la adulación personal; cortemos, pues, por lo sano y hablemos de otra cosa. Lorenzo, entrego en vuestras manos el manejo y la dirección de mi casa hasta el retorno de mi esposo. Por lo que a mí concierne, he dirigido al cielo un voto secreto de vivir dedicada al rezo y a la contemplación, en la sola compañía de Nerissa, hasta la vuelta de mi esposo y señor; hay un monasterio a dos millas de aquí; allí nos retiraremos. Me haréis el favor de no rehusar este encargo, que mi amor y ciertas necesidades me obligan ahora a imponeros.

LORENZO.- Señora, con todo mi corazón; estoy dispuesto a obedecer a todas vuestras amables órdenes.

PORCIA.- Mis gentes conocen ya mis intenciones y os escucharán, a vos y a Jessica, como substitutos del señor Bassanio y de mí misma. Así, buena salud, hasta el próximo día de nuestra entrevista.

LORENZO.- ¡Que hermosos pensamientos y horas alegres os acompañen!

JESSICA.- Deseo a vuestra señoría el cumplimiento de todos los votos de su corazón.

PORCIA.- Os agradezco vuestro deseo y os correspondo gozosa; adiós, Jessica. (Salen JESSICA y LORENZO.) Ahora, Baltasar, deseo encontrarte hoy como te he encontrado siempre: honrado y leal. Toma esta carta y emplea toda la diligencia posible en un hombre para personarte en Padua; entrégala cuidadosamente en propia mano a mi primo, el doctor Belario; toma los papeles y los vestidos que te dé, y llévalos, te lo ruego, con toda la velocidad imaginable, al barco que hace el servicio de Venecia. No pierdas tiempo en palabras, sino parte; estaré allí antes que tú.

BALTASAR.- Señora, emplearé toda la diligencia posible. (Sale.)

PORCIA.- Ven, Nerissa; tengo entre manos una empresa, de la que nada sabes todavía; veremos a nuestros esposos más pronto de lo que ellos piensan.

NERISSA.- Y ellos, ¿nos verán?

PORCIA.- Nos verán, Nerissa; pero bajo tal ropaje, que creerán que estamos provistas de lo que nos falta. Te apuesto lo que quieras a que, cuando ambas estemos vestidas de jovenzuelos, seré yo el más lindo muchacho de los dos, y llevaré la daga con gracia más arrogante, y sabré imitar mejor la voz de la edad fluctuante entre la infancia y la virilidad, cambiando ventajosamente nuestro andar menudo por las zancadas varoniles, y hablando de pendencia como un guapo mozo fanfarrón y diciendo mentiras bonitas. Referiré, por ejemplo, cómo honorables damas han buscado mi amor, y no habiéndolo obtenido, han caído enfermas y muerto de pena, pero que no puedo remediarlo; en seguida afectaré arrepentirme, y diré que, después de todo, quisiera no haberlas muerto, y otras veinte mentiras diminutas de esta clase; tan bien, que los hombres jurarán que no he salido del colegio desde hace más de un año. Tengo en mi cabeza más de mil truhanerías de esos jaques jactanciosos, y me serviré de ellas.

NERISSA.- ¿Qué, vamos a cambiarnos en hombres?

PORCIA.- ¡Quita! ¡Vaya una pregunta! ¡Si tuvieras al lado algún maligno intérprete! Pero ven, te expondré todos mis planes cuando estemos en mi coche, que nos espera a la puerta del parque; apresurémonos, pues tenemos que hacer veinte millas hoy. (Salen.)

Escena V

Belmont - El jardín de PORCIA.

Entran LAUNCELOT y JESSICA.

LAUNCELOT.- Sí, en verdad; pues ya lo veis, los pecados del padre recaen en los hijos; por tanto, os prometo que tiemblo por vos. Siempre he sido franco con vos; he ahí por qué os expreso ahora mi «irreflexión» en la materia. Así, pues, divertíos bien, porque, verdaderamente, creo que estáis condenada. No tenéis más que una esperanza que pueda seros de alguna ayuda; y esa esperanza es aún una especie de esperanza bastarda.

JESSICA.- ¿Y qué esperanza es esa, me haces el favor?

LAUNCELOT.- ¡Pardiez!, la esperanza de que no seáis hija del judío.

JESSICA.- Esa sería, en efecto, una especie de esperanza bastarda; pues, si fuese así, los pecados de mi madre deberían recaer sobre mí.

LAUNCELOT.- Entonces, a la verdad, mucho temo que no estéis condenada a la vez por causa de vuestro padre y por causa de vuestra madre; así, cuando huyo de Scila, vuestro padre, caigo en Garibdis, vuestra madre. Bien; estáis perdida por los dos costados.

JESSICA.- Seré salvada por mi marido; me ha hecho cristiana.

LAUNCELOT.- Razón, por cierto, para censurarle más; éramos ya bastantes cristianos; éramos aún más de los que necesitábamos para vivir en buena vecindad. Este furor de hacer cristianos hará subir el precio de los cochinos; si nos ponemos a convertirnos en comedores de puercos, muy pronto no será posible, aun a precio fabuloso, hacer un asado a la parrilla.

JESSICA.- Voy a repetir lo que me dices a mi marido, Launcelot; mírale, aquí llega.

(Entra LORENZO.)

LORENZO.- Voy a estar muy pronto celoso de vos, Launcelot, si continuáis de charla con mi mujer por los rincones.

JESSICA.- Nada tenéis que temer de nosotros, Lorenzo; Launcelot y yo estamos en discordia. Me dice rotundamente que no hay esperanza para mí en el cielo, porque soy hija de un judío, y añade que no sois un buen ciudadano de la república porque, al convertir los judíos en cristianos, hacéis subir el precio del puerco.

LORENZO.- Me será más fácil justificarme de esta acción cerca de la república que a vos explicar la redondez de la negra; la mora está encinta por obra vuestra, Launcelot.

LAUNCELOT.- Es, sin duda, mortificante que la mora esté fuera de cuenta; pero si no es en absoluto honrada, ¿qué tiene de extraño? Me sorprende que su virtud esté todavía tan viviente como lo está; hubiera creído en una virtud de mora.

LORENZO.- ¡Qué fácil es a todos los imbéciles jugar con las palabras! Creo que el más gracioso ornamento del espíritu será muy pronto el silencio, y que la palabra no será un mérito más que para los loros. Vamos, truhán, entra en casa y diles que hagan sus preparativos para la cena.

LAUNCELOT.- Los han hecho, señor; pues todos tienen estómago.

LORENZO.- ¡Dios bondadoso! ¡Qué hábil atrapador sois de equívocos! Vamos, id y decidles que preparen la cena.

LAUNCELOT.- También está, señor. Ahora es el cubierto, y no la cena, la palabra propia.

LORENZO.- ¡Vaya, bien! Sea, señor. Ve por el cubierto.

LAUNCELOT.- ¿Cubierto? ¡Oh!, no, señor, de ningún modo; conozco mi deber.

LORENZO.- ¡Siempre con escaramuzas a cada palabra que pasa! ¿Quieres mostrar de una sola vez toda la riqueza de tu talento? Ten la bondad, te lo ruego, de comprender a un hombre sensato, que habla en términos sensatos; ve a buscar a tus camaradas, diles que cubran la mesa, que sirvan los platos y que vamos a ir a cenar.

LAUNCELOT.- Es la mesa, señor, la que será servida, y son los platos los que serán cubiertos; en cuanto a vuestra venida para la cena, señor, será como decidan vuestro capricho y vuestra fantasía.

(Salen.)

LORENZO.- ¡Oh, caro sentido común! ¡Bonitos maridajes de palabras! ¡El idiota ha alineado en su memoria todo un ejército de buenos vocablos, y conozco numerosos imbéciles de alta jerarquía que están repletos de las mismas necedades que él y que por el placer de lanzar una palabra divertida llegan a desconcertar toda una conversación. Muy bien, Jessica, ¿cómo va eso? Ahora, prenda mía, dime tu opinión sobre la mujer del señor Bassanio. ¿La quieres mucho?

JESSICA.- Más allá de toda expresión. Será muy justo que el señor Bassanio lleve una vida ejemplar, pues teniendo en su mujer tal bendición, hallará aquí en la tierra las alegrías del cielo; si no encuentra esas alegrías en la tierra, le será verdaderamente muy inútil ir a buscarlas al paraíso. Sí, si los dioses hiciesen alguna apuesta en la que el envite fuesen dos mujeres terrestres y Porcia una de las dos, seria menester empeñar alguna otra cosa del lado de la segunda, pues en nuestro pobre y grosero mundo no halla semejante.

LORENZO.- Tienes en mí como marido lo que ella es como mujer.

JESSICA.- Ciertamente. Pedidme también mi opinión sobre eso.

LORENZO.- Es lo que haré más tarde. Vamos primero a cenar.

JESSICA.- No, dejadme alabaros mientras sienta de ello apetito.

LORENZO.- No; reserva tus alabanzas para la sobremesa; lo que digas entonces lo digeriré con lo demás.

JESSICA.- Muy bien; os haré de ello un buen plato. (Salen.)

****

Acto Cuarto

Escena I

Venecia. -Una sala de justicia.

Entran el DUX, los Magníficos, ANTONIO, BASSANIO, GRACIANO,

SALANIO, SALARINO y otros.

DUX.- Qué, ¿está aquí Antonio?

ANTONIO.- Presente; a las órdenes de vuestra gracia.

DUX.- Lo deploro por ti; pero has sido llamado para responder a un enemigo de piedra, a un miserable inhumano, incapaz de piedad, cuyo corazón vacío está seco de la más pequeña gota de clemencia.

ANTONIO.- He sabido que vuestra gracia se había esforzado mucho por lograr que moderase el encarnizamiento de sus persecuciones; pero, puesto que se mantiene inexorable y no existe ningún medio legal de substraerme a los ataques de su malignidad, opondré mi paciencia a su furia y armaré mi espíritu de una firmeza tranquila capaz de hacerme soportar la tiranía y la rabia del suyo.

DUX.- Que vaya alguno a decir al judío que se presente ante el tribunal.

SALANIO.- Está en la puerta; aquí llega, señor.

(Entra SHYLOCK.)

DUX.- Abrid paso y dejadle que venga frente a nos. Shylock, el público piensa, y yo pienso también, que tu intención ha sido simplemente proseguir tu juego cruel hasta el último momento, y que ahora mostrarás una clemencia y una piedad más extraordinarias de lo que supone tu aparente crueldad. De suerte que en lugar de exigir la penalidad convenida, o sea una libra de carne de ese pobre mercader, no solamente renunciarás a esa condición, sino que, animado de generosidad y de ternura humana, cederás una mitad del principal, considerando con conmiseración las pérdidas recientes que han gravitado sobre él con un peso que bastaría para derribar a un mercader real y para inspirar lástima a pechos de bronce y a corazones duros como rocas, a turcos inflexibles y a tártaros ignorantes de los deberes de la dulce benevolencia. Judío, todos esperamos de ti una respuesta generosa.

SHYLOCK.- He informado a vuestra gracia de mis intenciones, y he jurado por nuestro Sábado Santo obtener la ejecución de la cláusula penal de mi contrato; si me la negáis, que el daño que resulte de ello recaiga sobre la constitución y las libertades de vuestra ciudad. Me preguntaréis por qué quiero mejor tomar una libra de carroña que recibir tres mil ducados. A esto no responderé de otra manera más que diciendo que tal es mi carácter. La respuesta ¿os parece buena? Si una rata perturba mi casa y me place dar diez mil ducados para desembarazarme de ella, ¿qué se puede alegar en contra? Veamos: ¿es aún buena respuesta? Hay gentes que no les agrada un lechón preparado; otras a quienes la vista de un gato les da accesos de locura, y otras que, cuando la cornamusa les suena ante sus narices, no pueden contener su orina; porque nuestra sensibilidad, soberana de nuestras pasiones, les dicta lo que deben amar o detestar. Ahora, he aquí la respuesta que me pedís. Lo mismo que no se puede dar razón acertada para explicar por qué este no puede soportar el cochinillo preparado; aquel la vista del gato, animal necesario e inofensivo; este otro una cornamusa que suena y que está obligado a detenerse ante la misma; todos constreñidos a ceder a una humillante antipatía, que les impulsa a injuriar, porque son a su vez injuriados, así yo no puedo dar otra razón y no quiero dar otra que esta: tengo contra Antonio un odio profundo, una aversión absoluta, que me impulsan a intentar contra él un proceso ruinoso para mí. ¿Estáis satisfecho de mi respuesta?

BASSANIO.- Hombre insensible, no es esa una respuesta que pueda excusar el desbordamiento de tu crueldad.

SHYLOCK.- No estoy obligado a dar una respuesta que te cause placer.

BASSANIO.- ¿Es que todos los hombres matan lo que no aman?

SHYLOCK.- ¿Existe un hombre que aborrezca lo que no quisiera matar?

BASSANIO.- Ninguna ofensa engendra primero el odio.

SHYLOCK.- ¡Cómo! ¿Querrías que una serpiente te mordiera dos veces?

ANTONIO.- Pensad, os ruego, que estáis razonando con el judío. Tanto valdría iros a la playa y ordenar a la marea que no suba a su altura habitual; podéis también preguntar al lobo por qué obliga a la oveja a balar en reclamo de su cordero; podéis asimismo prohibir a los pinos de las montañas que balanceen sus altas copas cuando son agitadas por los ventarrones celestes; podéis igualmente llevar a cabo la empresa más dura de ejecución antes de probar el ablandamiento (pues ¿hay nada más duro?) de su corazón judío. Por consiguiente, os ruego, no hagáis nuevos ofrecimientos, no busquéis nuevos medios, sino sin más tardar y sin más epilogar haced lo que debéis hacer necesariamente: pronunciad mi sentencia y conceded al judío la pretensión que desea.

BASSANIO.- Por tus tres mil ducados, aquí tienes seis mil.

SHYLOCK.- Aun cuando cada uno de esos seis mil ducados estuviese dividido en seis partes y cada una de esas partes fuese un ducado, no los recibiría; querría la ejecución de mi pagaré.

DUX.- ¿Cómo podrás esperar clemencia, si no concedes ninguna?

SHYLOCK.- ¿Qué sentencia he de temer, no habiendo hecho mal alguno? Tenéis entre vosotros numerosos esclavos que habéis comprado y que empleáis, como vuestros asnos, vuestros perros y vuestros mulos, en tareas abyectas y serviles, porque los habéis comprado. ¿Iré a deciros: ponedlos en libertad, casadlos con vuestras herederas? ¿Por qué los abrumáis bajo sus fardos, por qué sus lechos no son tan blandos como los vuestros, sus paladares regalados con los mismos manjares? Me responderéis: «Los esclavos son nuestros». Yo os respondo a mi vez: «Esta libra de carne que le reclamo la he comprado cara, es mía, y la tendré. Si me la negáis, anatema contra vuestra ley. Los decretos de Venecia, desde ahora, no tienen fuerza. Espero de vos justicia. ¿Me la haréis? Responded».

DUX.- En virtud de mi poder, me hallo autorizado para disolver el tribunal, a no ser que Belario, mi sabio doctor, que he mandado a buscar para decidir esta causa, no llegue hoy.

SALANIO.- Señor, un mensajero recientemente llegado de Padua con cartas del doctor espera a la puerta.

DUX.- Traednos las cartas. Haced entrar al mensajero.

BASSANIO.- ¡Buena esperanza, Antonio! Vamos, amigo, valor aún. El judío tendrá mi carne, mi sangre, mis huesos y toda mi persona, antes que pierdas por mí una gota de sangre.

ANTONIO.- Soy la oveja enferma del rebaño, la más adecuada, por consiguiente, para la muerte; la fruta más débil es la que cae primero al suelo. Que sea así conmigo. No podéis dedicaros a nada mejor, Bassanio, que a seguir viviendo y a escribir mi epitafio.

(Entra NERISSA, en traje de amanuense de abogado.)

DUX.- ¿Venís de Padua, de parte de Belario?

NERISSA.- Sí, señor; exactamente. Belario saluda a vuestra gracia.

(NERISSA le presenta una carta.)

BASSANIO.- (A SHYLOCK.) ¿Por qué afilas tu cuchillo con tanto brío?

SHYLOCK.- Para cortar a ese arruinado lo que por estipulación me adeuda.

GRACIANO.- No es en tu suela, sino en tu alma, áspero judío, donde sacas filo a tu cuchillo. Ningún metal, ni aun el hacha de verdugo, corta la mitad que tu malicia aguzada. ¿Ninguna súplica puede, por tanto, ablandarte?

SHYLOCK.- No, ninguna que tu inteligencia pueda imaginar.

GRACIANO.- ¡Oh, condenado seas, perro inexorable, y que tu vida acuse a la justicia! Casi me has hecho vacilar en mi fe, para compartir esta opinión de Pitágoras: que las almas de los animales encarnan en los cuerpos de los hombres. Tu espíritu perruno animaba en otro tiempo a un lobo que fue ahorcado por el asesinato de un hombre. Su alma feroz se escapó de la horca y se insinuó en ti en el vientre mismo de tu pagana madre, pues tus deseos son los de un lobo, sanguinarios, hambrientos y rapaces.

SHYLOCK.- En tanto que tus invectivas no borren la firma de mi pagaré, no harás, hablando tan alto, otra cosa que lesionar tus pulmones. Restaura tu entendimiento, buen joven, o va a caer en una ruina irremediable. Aguardo aquí la ejecución de la ley.

DUX.- Esta carta de Belario recomienda a nuestro tribunal a un joven y sabio doctor. ¿Dónde está?

NERISSA.- Aguarda cerca de aquí, esperando la respuesta que debe dársele, si le admitís.

DUX.- Con todo mi corazón. Que tres o cuatro de vosotros vayan a buscarle para conducirle aquí con escolta cortés. Mientras tanto, el tribunal va a enterarse de la carta de Belario.

UN SECRETARIO.- (Leyendo.) «Vuestra gracia habrá de saber que en el momento que recibo vuestra carta estoy muy enfermo; pero vuestro mensajero se ha encontrado en mi casa con un joven doctor de Roma, cuyo nombre es Baltasar, que había venido a hacerme una visita amistosa. Le he expuesto el objeto del proceso entre Antonio, el mercader y el judío. Hemos consultado juntos numerosos autores; posee mi opinión sobre este asunto, mejorada por la propia ciencia (cuya extensión no sabré alabar bastante), y os la presenta a instancias mías para responder en mi nombre al requerimiento de vuestra gracia. Os suplico que no consideréis su extrema juventud como una razón para rehusarle una apreciación respetuosa, pues no he visto jamás una cabeza más vieja sobre un cuerpo tan joven. Lo encomiendo a vuestra benévola acogida; la prueba que hagáis con él dirá más altamente de su mérito que sus palabras.»

DUX.- Conocéis lo que me ha escrito el doctor Belario. Y he aquí, me parece, que llega el doctor. (Entra PORCIA, en traje de doctor en leyes.) Dadme la mano. ¿Venís de parte del viejo Belario?

PORCIA.- Sí, señor.

DUX.- Sed bien venido. Ocupad vuestro sitio. ¿Estáis enterado del proceso que está actualmente pendiente ante el tribunal?

PORCIA.- Estoy por completo al corriente de la causa. ¿Cuál es aquí el mercader y cuál el judío?

DUX.- Antonio, y tú, viejo Shylock, avanzad los dos.

PORCIA.- ¿Vuestro nombre es Shylock?

SHYLOCK.- Shylock es mi nombre.

PORCIA.- La demanda que hacéis es de naturaleza extraña, y, sin embargo, de tal manera legal, que la ley veneciana no puede impediros proseguirla. (A ANTONIO.) Caéis bajo su acción, ¿no es verdad?

ANTONIO.- Sí, es lo que dice.

PORCIA.- ¿Reconocéis este pagaré?

ANTONIO.- Sí.

PORCIA.- Entonces el judío debe mostrarse misericordioso.

SHYLOCK.- ¿Por efecto de qué obligación, queréis decirme?

PORCIA.- La propiedad de la clemencia es que no sea forzada; cae como la dulce lluvia del cielo sobre el llano que está por debajo de ella; es dos veces bendita: bendice al que la concede y al que la recibe. Es lo que hay de más poderoso en lo que es todopoderoso; sienta mejor que la corona al monarca sobre su trono. El cetro puede mostrar bien la fuerza del poder temporal, el atributo de la majestad y del respeto que hace temblar y temer a los reyes. Pero la clemencia está por encima de esa autoridad del cetro; tiene su trono en los corazones de los reyes; es un atributo de Dios mismo, y el poder terrestre se aproxima tanto como es posible al poder de Dios cuando la clemencia atempera la justicia. Por consiguiente, judío, aunque la justicia sea tu punto de apoyo, considera bien esto: que en estricta justicia ninguno de nosotros encontrará salvación, rogamos para solicitar clemencia, y este mismo ruego, mediante el cual la solicitamos, nos enseña a todos que debemos mostrarnos clementes con nosotros mismos. No he hablado tan largamente más que para instarte a moderar la justicia de tu demanda. Si persistes en ella, este rígido tribunal de Venecia, fiel a la ley, deberá necesariamente pronunciar sentencia contra el mercader aquí presente.

SHYLOCK.- ¡Que mis acciones caigan sobre mi cabeza! Exijo la ley, la ejecución de la cláusula penal y lo convenido en mi documento.

PORCIA.- ¿Es que no puede reembolsar el dinero?

BASSANIO.- Sí, ofrezco entregárselo aquí ante el tribunal. Más aún: ofrezco dos veces la suma. Si no basta, me obligaré a pagar diez veces la cantidad poniendo como prenda mi cabeza, mis manos, mi corazón; si no es suficiente aún, está claro entonces que la maldad se impone a la honradez. Os suplico por una sola vez que hagáis flaquear la ley ante vuestra autoridad; haced un pequeño mal para realizar un gran bien y doblegad la obstinación de este diablo cruel.

PORCIA.- No puede ser; no hay fuerza en Venecia que pueda alterar un decreto establecido; un precedente tal introducirá en el Estado numerosos abusos; eso no puede ser.

SHYLOCK.- ¡Un Daniel ha venido a juzgarnos, sí, un Daniel! ¡Oh, joven y sabio juez, cómo te honro!

PORCIA.- Dejadme, os ruego, examinar el pagaré.

SHYLOCK.- Vedle aquí, reverendísimo doctor, vedle aquí.

PORCIA.- Shylock, se te ofrece tres veces tu dinero.

SHYLOCK.- Un juramento, un juramento, he hecho un juramento al cielo. ¿Echaré sobre mi alma un perjurio? No, ni por Venecia entera.

PORCIA.- Bien, este pagaré ha vencido sin ser pagado, y por las estipulaciones consignadas en él el judío puede legalmente reclamar una libra de carne, que tiene derecho a cortar lo más cerca del corazón de ese mercader. Sed compasivo, recibid tres veces el importe de la deuda; dejadme romper el pagaré.

SHYLOCK.- Cuando haya sido abonado conforme a su tenor. Parece que sois un digno juez; conocéis la ley; vuestra exposición ha sido muy sólida. Os requiero, pues, en nombre de la ley, de la que sois una de las columnas más meritorias, a proceder a la sentencia. Juro por mi alma que no hay lengua humana que tenga bastante elocuencia para cambiar mi voluntad. Me atengo al contenido de mi contrato.

ANTONIO.- Suplico al tribunal con todo mi corazón que tenga a bien dictar su fallo.

PORCIA. - Pues bien; aquí está entonces. Os es preciso preparar vuestro pecho al cuchillo.

SHYLOCK.- ¡Oh, noble juez! ¡Oh, excelente joven!

PORCIA.- En efecto, el objeto de la ley y el fin que persigue están estrechamente en relación con la penalidad que este documento muestra que se puede reclamar.

SHYLOCK.- Es muy verdad, ¡oh, juez sabio e íntegro! ¡Cuánto más viejo eres de lo que indica tu semblante!

PORCIA.- En consecuencia, poned vuestro seno al desnudo.

SHYLOCK.- Sí, su pecho; es lo que dice el pagaré, ¿no es así, noble juez? «El sitio más próximo al corazón», tales son los términos precisos.

PORCIA.- Exactamente. ¿Hay aquí balanza para pesar la carne?

SHYLOCK.- Tengo una dispuesta.

PORCIA.- Shylock, ¿habéis tomado algún cirujano a vuestras expensas para vendar sus heridas, a fin de que no se desangre y muera?

SHYLOCK.- ¿Está eso enunciado en el pagaré?

PORCIA.- No está enunciado; pero ¿qué importa? Sería bueno que lo hicieseis por caridad.

SHYLOCK.- ¡No veo por qué! ¡No está consignado en el pagaré!

PORCIA.- Acercaos, mercader, ¿tenéis algo que decir?

ANTONIO.- Poca cosa. Estoy armado de valor y preparado para mi suerte. Dadme vuestra mano, Bassanio, ¡adiós! No sintáis que me haya ocurrido esa desgracia por vos, pues en esta ocasión la fortuna se ha mostrado más compasiva que de costumbre. Es su hábito dejar al desdichado sobrevivir a su riqueza para contemplar con ojos huecos y arrugada frente una pobreza interminable. Pues bien; ella me libra del lento castigo de semejante miseria. Encomendadme al recuerdo de vuestra honorable mujer; referidle todas las peripecias del fin de Antonio; decidle cómo os quería; hablad bien de mí después de mi muerte, y cuando vuestro relato haya terminado, instadle a que decida si Bassanio no era su verdadero amigo un tiempo. No os arrepintáis de perder vuestro amigo y él no se arrepentirá de pagar vuestra deuda; pues, si el judío corta bastante profundamente, voy a pagar vuestra deuda con mi corazón entero.

BASSANIO.- Antonio, estoy casado con una mujer que me es tan querida como la vida misma; pero la vida, mi mujer, el mundo entero no me son tan caros como tu vida. Sacrificaré todo, lo perderé todo por librarte de ese diablo.

PORCIA.- Si vuestra mujer estuviese aquí cerca y os oyera hacer un ofrecimiento parecido, os daría bien pocas gracias por ello.

GRACIANO.- Tengo una mujer que amo, lo declaro; pues bien, quisiera que estuviera en el cielo, a fin de que intercediese con alguna potencia divina para cambiar el corazón de ese feroz judío.

NERISSA.- Hacéis bien de expresar un voto como ese en su ausencia. Expresado en su presencia, turbaría la tranquilidad de vuestra casa.

SHYLOCK.- (Aparte.) He ahí los maridos cristianos. Tengo una hija; mejor hubiera querido que se casase con uno de la raza de Barrabás que verla con un cristiano por esposo. (En voz alta.) Perdemos tiempo; te lo ruego, acaba tu sentencia.

PORCIA.- Te pertenece una libra de carne de ese mercader: la ley te la da y el tribunal te la adjudica.

SHYLOCK.- ¡Rectísimo juez!

PORCIA.- Y podéis cortar esa carne de su pecho. La ley lo permite y el tribunal os lo autoriza.

SHYLOCK.- ¡Doctísimo juez! ¡He ahí una sentencia! ¡Vamos, preparaos!

PORCIA.- Detente un instante; hay todavía alguna otra cosa que decir. Este pagaré no te concede una gota de sangre. Las palabras formales son estas: una libra de carne. Toma, pues, lo que te concede el documento; toma tu libra de carne. Pero si al cortarla te ocurre verter una gota de sangre cristiana, tus tierras y tus bienes, según las leyes de Venecia, serán confiscados en beneficio del Estado de Venecia.

GRACIANO.- ¡Oh, juez íntegro! ¡Adviértelo, judío! ¡Oh, recto juez!

SHYLOCK.- ¿Es ésta la ley?

PORCIA.- Verás tú mismo el texto; pues, ya que pides justicia, ten por seguro que la obtendrás, más de lo que deseas.

GRACIANO.- ¡Oh, docto juez! ¡Adviértelo, judío! ¡Oh, recto juez!

SHYLOCK.- Acepto su ofrecimiento, entonces; páguenme tres veces el valor del pagaré y déjese marchar al cristiano.

BASSANIO.- Aquí está el dinero.

PORCIA.- ¡Despacio! El judío tendrá toda su justicia. ¡Despacio! Nada de prisas. No tendrás nada más que la ejecución de las cláusulas penales estipuladas.

GRACIANO.- ¡Oh, judío! ¡Un juez integro, un recto juez!

PORCIA.- Prepárate, pues, a cortar la carne; no viertas sangre y no cortes ni más ni menos que una libra de carne; si tomas más o menos de una libra precisa, aun cuando no sea más que la cantidad suficiente para aumentar o disminuir el peso de la vigésima parte de un simple escrúpulo; más aún: si el equilibrio de la balanza se descompone con el peso de un cabello, mueres, y todos tus bienes quedan confiscados.

GRACIANO.- ¡Un segundo Daniel, judío, un Daniel! Aquí os tengo ahora, en la cadera, pagano.

PORCIA.- ¿Por qué se detiene el judío? Toma tu retractación.

SHYLOCK.- Dadme mi principal y dejadme partir.

BASSANIO.- Tengo el todo preparado para ti; aquí está.

PORCIA.- Lo ha rehusado en pleno tribunal. Obtendrá justicia estricta y lo que le conceda su pagaré.

GRACIANO.- ¡Un Daniel, te lo repito, un segundo Daniel! Te doy las gracias, judío, por haberme enseñado esa palabra.

SHYLOCK.- ¿No conseguiré pura y simplemente mi principal?

PORCIA.- No tendrás sino la retractación estipulada, para que a tu riesgo la tomes, judío.

SHYLOCK.- Pues bien; entonces que el diablo le dé la liquidación. No quedaré aquí más tiempo discutiendo.

PORCIA.- Aguarda, judío; la ley tiene todavía otra cuenta contigo. Está establecido por las leyes de Venecia que si se prueba que un extranjero, por medios directos o indirectos, ha buscado atentar contra la vida de un ciudadano, una mitad de sus bienes pertenecerá a la persona contra la cual ha conspirado, y la otra mitad al arca reservada del Estado, y que la vida del ofensor dependerá enteramente de la misericordia del dux, que podrá hacer prevalecer su voluntad contra todo fallo. He aquí, a mi juicio, el caso en que te encuentras, porque es evidente, por tus actos manifiestos, que has conspirado directa y también indirectamente contra la vida misma del demandado, e incurrido, por tanto en la pena precedentemente enunciada por mí. Arrodíllate, pues, e implora la clemencia del dux.

GRACIANO.- Suplica que te den permiso para ahorcarte en persona; sin embargo, como todas tus riquezas están confiscadas en provecho del Estado, no te queda el valor de una cuerda; por tanto, debes ser ahorcado a expensas del Estado.

DUX.- Para que veas bien la diferencia de nuestros sentimientos, te perdono la vida antes de que lo solicites. En cuanto a tus bienes, la mitad pertenecen a Antonio y la otra mitad pertenecen al Tesoro público. Esa confiscación, tu humildad puede hacérnosla transformar en multa.

PORCIA.- Sí, por lo que respecta al Estado, pero no por lo que concierne a Antonio.

SHYLOCK.- No, tomad mi vida y todo. No excuséis eso más que lo restante. Os apoderáis de mi casa cuando me quitáis el apoyo que la sostiene; me quitáis mi vida cuando me priváis de los medios de vivir.

PORCIA.- ¿Qué perdón podéis concederle, Antonio?

GRACIANO.- Una cuerda gratis. Nada más, en nombre del cielo.

ANTONIO.- Ruego a mi señor el dux y al tribunal que se reduzca la multa a una mitad de sus bienes. Me contentaré con tener el simple uso de la otra mitad para entregarla a su muerte al caballero que recientemente ha raptado a su hija. Pido que sean impuestas, además, dos condiciones a esta gracia: la primera, que se vuelva sin demora cristiano; la segunda, que haga aquí, delante del tribunal, una donación legal de todo lo que posea en el momento de su muerte a su yerno Lorenzo y a su hija.

DUX.- Llenará estas condiciones; en otro caso, rectifico el perdón que he pronunciado aquí recientemente.

PORCIA.- ¿Estás satisfecho, judío? ¿Qué dices, pues?

SHYLOCK.- Estoy satisfecho.

PORCIA.- Escribano, redactad un acta de donación.

SHYLOCK.- Os lo ruego: dadme permiso para salir de aquí; no me siento bien; enviad el acta a casa y la firmaré.

DUX.- Vete, pero mantén la palabra.

GRACIANO.- En el bautismo tendrás dos padrinos; si yo hubiese sido juez, habrías tenido diez más para conducirte a la horca y no a la pila bautismal.

(Sale SHYLOCK.)

DUX.- Señor, os ruego que aceptéis venir a cenar conmigo.

PORCIA.- Suplico humildemente a vuestra gracia que tenga a bien excusarme. Tengo que ponerme esta noche en camino hacia Padua, y es necesario que parta inmediatamente.

DUX.- Deploro que no dispongáis de tiempo para quedaros. Antonio, recompensad a ese caballero; pues, a mi juicio, le debéis mucho.

(Sale el DUX con su séquito.)

BASSANIO.- Dignísimo caballero; por vuestra discreción, mi amigo y yo nos hemos librado de castigos crueles. En recompensa, estos tres mil ducados, que eran del judío, los concedemos libremente a vuestros amables servicios.

ANTONIO.- Y además, y por encima de todo, quedamos para siempre vuestros deudores en afecto y devoción.

PORCIA.- Está bien pagado el que se halla contento de sí. Yo lo estoy por haberos librado; y, en consecuencia, me tengo por bien pagado; mi alma no se ha mostrado nunca más mercenaria. Procurad reconocerme, os lo ruego, cuando vuelva a encontraron. Os deseo salud, y ahora me despido de vos.

BASSANIO.- Mi querido señor, permitidme que insista todavía cerca de vos; aceptad de nosotros algún recuerdo como homenaje, si no como honorarios. Concededme dos cosas, os lo suplico: no desairarme y excusarme.

PORCIA.- Me apremiáis mucho; es forzoso, pues, que ceda. (A ANTONIO.) Dadme vuestros guantes; los llevaré como recuerdo vuestro. (A BASSANIO.) Y por vuestro afecto aceptaré ese anillo. No retiréis vuestra mano. No tornaré nada más. Y vos, por amistad mía, no me lo negaréis.

BASSANIO.- Este anillo, mi buen señor, es una bagatela. ¡Ay!, me avergonzaría de dároslo.

PORCIA.- No quiero más que ese anillo. Estoy ahora encaprichado con él.

BASSANIO.- Tiene para mí un precio muy por encima de su valor. Haré buscar y os daré el anillo más rico que haya en Venecia; pero por este os ruego que me excuséis.

PORCIA.- Veo, señor, que sois liberal en palabras; sois vos quien me ha enseñado a mendigar, y ahora me parece que me enseñáis cómo se debe responder a los mendigos.

BASSANIO.- Mi buen señor, este anillo me fue dado por mi mujer, y cuando me lo puso en el dedo me hizo jurar que jamás lo vendería, lo daría ni lo perdería.

PORCIA.- Esa es una de las excusas que sirven a muchas gentes para negar sus dádivas; pero si vuestra mujer no está loca, y sabe cuánto he merecido este anillo, no permanecerá siempre enojada con vos por habérmelo dado. Está bien. Quedaos en paz.

(Salen PORCIA y NERISSA.)

ANTONIO.- Señor Bassanio, dadle el anillo. Que sus servicios y mi amistad compensen el mandato de vuestra mujer.

BASSANIO.- Anda, Graciano, corre y alcánzale; dale el anillo, y llévale, si puedes, a casa de Antonio. ¡Marcha! ¡Apresúrate! (Sale GRACIANO.) Vámonos los dos a nuestra casa inmediatamente, y mañana temprano tomaremos nuestro vuelo para Belmont. Venid, Antonio.

(Salen.)

Escena II

Venecia. -Una calle.

Entran PORCIA y NERISSA.

PORCIA.- Infórmate de la casa del judío, dale esta acta, y haz que la firme. Partiremos esta noche y estaremos de regreso un día antes que nuestros esposos. Esta donación será la bienvenida de Lorenzo.

(Entra GRACIANO.)

GRACIANO.- Mi buen señor, felizmente os encuentro. Mi señor Bassanio, después de más amplia reflexión, os envía este anillo y solicita el honor de vuestra compañía para cenar.

PORCIA.- Esta última cosa no puede ser. En cuanto a su anillo, lo aceptó con gran reconocimiento; decídselo así, os lo suplico. Además, os ruego que mostréis a mi joven amanuense la casa del viejo Shylock.

GRACIANO.- Lo haré.

NERISSA.- Señor, quisiera hablaros. (Aparte a PORCIA.) Voy a ver si puedo quitar a mi esposo el anillo que le he hecho jurar que guarde siempre.

PORCIA.- (Aparte a NERISSA.) Podrás, te lo garantizo. Nos jurarán por todo lo del mundo que han dado sus anillos a hombres; pero les desmentiremos y confundiremos. ¡En marcha! Date prisa. Ya sabes dónde te aguardo.

NERISSA.- Venid, mi buen señor, ¿queréis enseñarme esa casa?

(Salen.)

****

Acto Quinto

Escena única

Belmont. -La avenida del castillo de PORCIA.

Entran LORENZO y JESSICA.

LORENZO.- La luna brilla resplandeciente. En una noche como esta, mientras los suaves céfiros besaban cariñosamente a los árboles silenciosos; en una noche como esta, a lo que pienso, Troilo escaló las murallas de Troya y exhaló su alma en suspiros frente a las tiendas griegas, donde Cressida dormía.

JESSICA.- En una noche como esta, Tisbe, andando con paso temeroso a través del rocío, vio la sombra del león antes de ver al león mismo, y se escapó llena de espanto.

LORENZO.- En una noche como esta, Dido, con una rama de sauce en la mano, manteniéndose en pie sobre la playa desierta del mar, suplicaba con sus gestos a su amante que volviera a Cartago.

JESSICA.- En una noche como esta, Medea cogió las hierbas mágicas que rejuvenecieron al viejo Esón.

LORENZO.- En una noche como esta, Jessica se fugó de la casa del rico judío y con ella un amante atolondrado huyó de Venecia hasta Belmont.

JESSICA.- En una noche como esta, el joven Lorenzo le juró que la amaba tiernamente, y robó su alma con mil juramentos de fidelidad, de los que no había uno solo sincero.

LORENZO.- En una noche como esta, la encantadora Jessica, cual una pilluela, calumnió a su amante, que la perdonó.

JESSICA.- Os batiría mencionando noches, si no viniera nadie; pero, ¡chitón!, oigo pasos de un hombre.

(Entra STEPHANO.)

LORENZO.- ¿Quién viene tan precipitadamente en el silencio de la noche?

STEPHANO.- Un amigo.

LORENZO.- ¡Un amigo! ¿Qué amigo? Vuestro nombre, haced el favor, amigo.

STEPHANO.- Stephano es mi nombre, y vengo a anunciaron que mi ama estará de vuelta antes de rayar el día, aquí, en Belmont; se detiene a alguna distancia, delante de las cruces sagradas, a cuyos pies se arrodilla e implora felices días de matrimonio.

LORENZO.- ¿Quién viene con ella?

STEPHANO.- Nadie, si no es un santo ermitaño y su criada. ¿Está ya mi amo de regreso, me hacéis el favor?

LORENZO.- No; y no hemos sabido noticias suyas. Pero os lo ruego, Jessica, entremos y hagamos algunos preparativos de fiesta para desear la bienvenida a la dueña de casa.

(Entra LAUNCELOT.)

LAUNCELOT.- ¡Hola, hola! ¡Ah de la casa! ¡Eh! ¡Hola, hola!

LORENZO.- ¿Quién llama?

LAUNCELOT.- ¡Hola! ¿Habéis visto a maese Lorenzo? ¡Maese Lorenzo, hola, hola!

LORENZO.- Déjate de tus holas, hombre; acércate un poco.

LAUNCELOT.- ¡Hola! ¿Dónde? ¿Dónde?

LORENZO.- Aquí.

LAUNCELOT.- Decidle que ha llegado un correo de parte de mi amo, con su trompa llena de buenas noticias; mi amo estará aquí antes de amanecer.

LORENZO.- Entremos, querida mía, y esperemos su llegada. Y, sin embargo, es inútil. ¿Por qué hemos de entrar? Amigo Stephano, por favor, id a anunciar en la casa que vuestra ama está para llegar, y decid a vuestros músicos que vengan aquí, al aire libre. (Sale STEPHANO.) ¡Cuán dulcemente duerme el claro de luna sobre ese bancal de césped! Vamos a sentarnos allí y dejemos los acordes de la música que se deslicen en nuestros oídos. La dulce tranquilidad y la noche convienen a los acentos de la suave armonía. Siéntate, Jessica. ¡Mira cómo la bóveda del firmamento está tachonada de innumerables patenas de oro resplandeciente! No hay ni el más pequeño de esos globos que contemplas que con sus movimientos no produzca una angelical melodía que concierte con las voces de los querubines de ojos eternamente jóvenes. Las almas inmortales tienen en ella una música así; pero hasta que cae esta envoltura de barro que las aprisiona groseramente entre sus muros, no podemos escucharla.

(Entran los músicos.)

¡Eh, venid y despertad a Diana con un himno! ¡Que vuestros más dulces sones vayan a impresionar los oídos de vuestra señora y traedla hasta su morada con música!

(Suena la música.)

JESSICA.- Jamás estoy alegre cuando oigo una dulce música.

LORENZO.- La razón es que todos vuestros sentidos están atentos. Fijaos un instante como se conduce un rebaño montaraz y retozón, una yeguada de potros jóvenes sin domar haciendo locas cabriolas, soplando y relinchando con gran estrépito, acciones a que les impulsa naturalmente el calor de su sangre; si ocurre que por casualidad esos potros oyen un sonido de trompetas, o si alguna tonada musical llega a herir sus oídos, los veréis, bajo el mágico poder de la música, quedarse inmóviles como por acuerdo unánime, y sus ojos tomar una tímida expresión. Por esta razón el poeta imaginaba que Orfeo atraía a los árboles, las piedras y las olas, pues no hay cosa tan estúpida, tan dura, tan llena de cólera que la música, en un instante, no le haga cambiar su naturaleza. El hombre que no tiene música en sí, ni se emociona con la armonía de los dulces sonidos, es apto para las traiciones, las estratagemas y las malignidades; los movimientos de su alma son sordos como la noche y sus sentimientos tenebrosos como el Erebo. No os fiéis jamás de un hombre así. Escuchad la música.

(Entran PORCIA y NERISSA, a distancia.)

PORCIA.- Esa luz que percibimos arde en mi aposento. ¡Cuán lejos lanza sus rayos esa diminuta candela! De igual modo resplandece una buena acción en un mundo malo.

NERISSA.- Cuando brillaba la luna no percibíamos la candela.

PORCIA.- Así eclipsa una gran gloria a una gloria menor; el lugarteniente de un rey brilla con tan grande esplendor como el monarca hasta el momento en que este se presenta; entonces su grandeza va decreciendo, parecida a un arroyuelo que, desde el interior de las tierras, va a perderse en la inmensidad del océano. ¡La música! ¡Escuchemos!

NERISSA.- Son los músicos de vuestra casa, señora.

PORCIA.- Ninguna cosa, según veo, es buena fuera de las circunstancias. Dijera que esa música suena más dulcemente que durante el día.

NERISSA.- Es el silencio el que le presta esa virtud, señora.

PORCIA.- El cuervo canta tan melodiosamente como la alondra cuando nadie hay que les escuche; y creo que si el ruiseñor cantara durante el día, mientras todos los gansos graznan, no sería juzgado mejor músico que el reyezuelo. ¡Cuántas cosas deben su verdadera perfección y sus alabanzas legítimas a la oportunidad de las circunstancias! ¡Silencio! ¡Eh! ¡La luna duerme con Endimión, y no le agradaría ser despertada!

(Cesa la música.)

LORENZO.- O mucho me equivoco, o esa es la voz de Porcia.

PORCIA.- Me reconoce como el ciego reconoce al cuco, por la voz desagradable.

LORENZO.- Querida señora, bien venida seáis, a vuestra casa.

PORCIA.- Hemos ido a rezar por el éxito de nuestros esposos, que, como esperamos, se acrecentará por nuestras oraciones. ¿Han regresado?

LORENZO.- Todavía no, señora; pero ha venido un mensajero para anunciar su llegada.

PORCIA.- Entra, Nerissa; ordena a los criados que no hagan nada que pueda revelar que hemos estado ausentes. Quedaos vos, Lorenzo, y vos también, Jessica.

(Se oye un toque de trompeta.)

LORENZO.- Vuestro marido está para llegar. Oigo la trompeta. No somos indiscretos, señora. No tengáis ningún temor de nosotros.

PORCIA.- Parece como si esta noche no fuera sino el pleno día enfermo. Solamente que está un poco más pálida. Es un día semejante a los días en que el sol se oculta.

(Entran BASSANIO, GRACIANO, ANTONIO y sus acompañantes.)

BASSANIO.- (A PORCIA.) Tendríamos el sol al mismo tiempo que los antípodas, si os paseaseis habitualmente en la ausencia del sol.

PORCIA.- Admitido que yo brille, con tal que no sea ligera como esa luz; porque una mujer ligera hace insoportable a su esposo, y no quiero que Bassanio sea para mí nada parecido. Pero ¡Dios sobre todo! Bien venido seáis, dueño mío.

BASSANIO.- Os doy las gracias, señora. Desead la bienvenida a mi amigo; este es el hombre, este es Antonio, a quien estoy tan infinitamente obligado.

PORCIA.- Debéis en todos los sentidos estarle muy obligado; pues, por lo que sé, se había comprometido extremadamente por vos.

ANTONIO.- Obligación que no excede al pago que he recibido por ella.

PORCIA.- Señor, sois muy bien venido a mi casa; os lo mostraré mejor que con palabras. Por eso abrevio las frases de cortesía.

GRACIANO.- (A NERISSA.) Por la luna que allí veis os juro que me juzgáis mal. A fe mía, que lo he dado al amanuense del juez. Quisiera que el que lo tiene quedara castrado, puesto que tomáis la cosa tan a pecho, amor mío.

PORCIA.- ¿Una riña ya? ¿Cuál es la causa?

GRACIANO.- Un aro de oro, un anillo insignificante que me dio, cuya cifra, dirigiéndose a todo el mundo, como las divisas que los cuchilleros graban sobre sus cuchillos, decía: «Ámame y no me abandones».

NERISSA.- ¿A qué viene hablar de su cifra o de su valor? Me jurasteis, cuando os lo di, que lo llevaríais hasta la hora de vuestra muerte, y que lo guardaríais con vos hasta la tumba. Debisteis, si no por mí, al menos por la vehemencia de vuestros juramentos, ser un poco menos olvidadizo y conservar ese anillo. ¡Darlo al amanuense de un juez! ¡No, que el cielo me valga! Ya sé que el escribiente a quien lo habéis dado no llevará nunca pelo en la cara.

GRACIANO.- Lo llevará, si vive hasta la edad de hombre.

NERISSA.- Sí, por cierto, si una mujer puede convertirse en hombre.

GRACIANO.- Por esta mano extendida, juro que lo he dado a un joven, una especie de niño, un mozalbete achaparrado, más alto que tú, el escribiente del juez; un muchacho charlatán, que me lo ha pedido en calidad de honorarios. No he tenido corazón para negárselo.

PORCIA.- Habéis estado censurable, os lo digo francamente, al deshaceros tan ligeramente del primer regalo de vuestra mujer, de un objeto añadido a vuestro dedo con juramentos, y unido de ese modo por la fe a vuestra carne. También di mi anillo a mi amor y le hice jurar que nunca se separaría de él.

Aquí está presente, y me atrevería a afirmar, en nombre suyo, que no lo daría ni lo quitaría de su dedo por toda la riqueza que encierra el mundo. En verdad, Graciano, habéis dado a vuestra mujer un excesivo motivo de disgusto. Si ese disgusto me lo hubiesen dado a mí, me volvería loca.

BASSANIO.- (Aparte.) ¡Pardiez! Valdría más cortarme la mano izquierda y jurar que he perdido el anillo defendiéndolo.

GRACIANO.- El señor Bassanio ha dado el anillo al juez, que se lo pidió, y lo merecía verdaderamente; luego su escribiente, que había hecho algunos trabajos, me pidió el mío, y ni el amo ni el servidor han querido tomar otra cosa que los dos anillos.

PORCIA.- ¿Qué anillo habéis dado, señor? No será, supongo, el que habéis recibido de mí.

BASSANIO.- Lo negaría si pudiera añadir una mentira a una falta; pero veis que mi dedo no tiene el anillo. No lo conservo.

PORCIA.- Vuestro corazón hipócrita carece de fe, igual que vuestro dedo de anillo. Por el cielo que no entraré en vuestro lecho como no haya visto mi anillo.

NERISSA.- Ni yo en el vuestro como no haya vuelto a ver el mío.

BASSANIO.- Mi dulce Porcia; si supierais a quién he dado el anillo; si supierais por qué he dado el anillo; si pudierais concebir por qué he dado el anillo; si supieseis con cuánta repugnancia he dado el anillo, cuando no se quería aceptar otra cosa que el anillo, moderaríais la vivacidad de vuestro desagrado.

PORCIA.- Si hubierais conocido la virtud del anillo, o la mitad del valor de la que os dio el anillo, o hasta qué punto vuestro honor estaba empeñado en guardar el anillo, no os habríais separado jamás del anillo. ¿Hay un hombre tan poco razonable, si os hubierais complacido en defender vuestro anillo con un tanto así de celo, que cometiera la indiscreción de exigir una cosa considerada por vos como sagrada? Nerissa me enseña lo que debo creer; que me muera si no es una mujer la que ha recibido el anillo.

BASSANIO.- No, por mi honor, señora; por mi alma, ninguna mujer lo ha recibido; es un simple doctor en Derecho, que no ha querido de mí tres mil ducados, y me ha pedido el anillo, que le negué, dejándole partir lleno de enojo; es el mismo doctor que ha salvado la vida de mi querido amigo. ¿Qué he de deciros, dulce señora mía? Me vi forzado a hacer que corrieran tras él. Estaba entre la espada y la pared, y mi honor no podía permitir que la ingratitud lo manchase hasta ese punto. Perdonadme, excelente dama; pues juro por esas luminarias sagradas de la noche que, si hubieseis estado allí vos misma, me habríais pedido, estoy seguro de ello, que diera el anillo a ese digno doctor.

PORCIA.- Que no venga jamás ese doctor a mi casa; porque, ya que ha obtenido la joya que yo estimaba y que por mí jurasteis guardar, me mostraré tan liberal como vos y no le negaré nada de lo que poseo; no, nada, ni mi propio cuerpo, ni el lecho de mi marido. Le reconoceré, estoy muy segura de ello. No os acostéis fuera de casa ni una sola noche, guardadme como Argos; pues si no lo hacéis, si me dejáis sola, por mi honor, que todavía es propiedad mía, tomaré a ese doctor por compañero de lecho.

NERISSA.- Y yo a su escribiente. Por tanto, poned mucha atención en no abandonarme a mi propia guarda.

GRACIANO.- Bien, obrad así; y que no encuentre yo al joven escribiente, porque si doy con él, le romperé la pluma.

ANTONIO.- Soy la desgraciada causa de todas esas querellas.

PORCIA.- No os preocupéis, señor; sois, no obstante, bien venido.

BASSANIO.- Porcia, perdóname esta falta, a la que he sido forzado; te lo juro ante estos numerosos amigos, te lo juro por tus hermosos ojos, en que me contemplo...

PORCIA.- Fijaos un poco. Se ve doble en mis dos ojos. Un Bassanio en cada ojo; jurad por vuestro doble yo; he aquí un juramento que se podrá creer.

BASSANIO.- ¡Oh!, ten la bondad de escucharme... Perdona esta falta y juro por mi alma que jamás faltaré a un juramento que te haya hecho.

ANTONIO.- Interesado por su suerte presté una vez mi cuerpo, que habría salido malparado sin el que ha conseguido el anillo de vuestro esposo. Me atrevo de nuevo a comprometerme, y esta vez mi alma servirá de prenda, que vuestro señor no romperá nunca más voluntariamente su promesa.

PORCIA.- Entonces seréis su fiador. Dadle este anillo y recomendadle que lo guarde mejor que el otro.

BASSANIO.- ¡Por el cielo! ¡Es el mismo que di al doctor!

PORCIA.- Lo he obtenido de él; perdonadme, Bassanio, pues mediante este anillo el doctor me hizo suya.

NERISSA.- Y perdonadme, mi gentil Graciano, pues ese mismo mozalbete achaparrado, el escribiente del doctor, mediante este anillo, durmió conmigo la noche última.

GRACIANO.- ¡Cómo! Eso se parece a las reparaciones que se hacen en verano en los caminos reales, hallándose las rutas bastante buenas. ¿Que somos cornudos antes de haberlo merecido?

PORCIA.- No habléis tan groseramente. Todos estáis extrañados. Aquí está esta carta. Leedla con detenimiento. Viene de Padua, de Belario; leeréis en ella que Porcia era el doctor y Nerissa, aquí presente, su escribano. Lorenzo será testigo de que he partido al tiempo que vos y que acabo de regresar. Todavía no he entrado en casa. Antonio, sed bien venido. Tengo reservadas para vos noticias mejores de las que os esperabais. Abrid bien pronto esta carta. Veréis en ella que tres de vuestros galeones han llegado repentinamente a puerto con ricos cargamentos. No sabréis por qué extraño accidente ha caído esta carta en mis manos.

ANTONIO.- Estoy mudo.

BASSANIO.- ¿Erais el doctor y no os he reconocido?

GRACIANO.- ¿Erais el escribiente que debe hacerme cornudo?

NERISSA.- Sí, pero el escribiente que no tiene intención de haceros cornudo, a menos que se convierta en hombre.

BASSANIO.- Mi dulce doctor, seréis mi compañero de lecho cuando me ausente, os permito que os acostéis con mi mujer.

ANTONIO.- Mi dulce dama, me habéis devuelto la vida y el medio de vivir, pues esta carta me da la certeza de que mis barcos han llegado a buen puerto.

PORCIA.- ¡Hola, Lorenzo! Mi escribiente tiene para vos una carta que os causará placer.

NERISSA.- Sí, y se la daré, sin honorarios. Os entrego a vos y a Jessica una donación especial, hecha por el rico judío, de todos los bienes de que sea poseedor a su muerte.

LORENZO.- Bellas damas, hacéis caer el maná en la ruta de las gentes hambrientas.

PORCIA.- La mañana se acerca; y, sin embargo, estoy seguro de que no os halláis aún satisfechos de los detalles de estos acontecimientos. Entremos, hacednos preguntas y responderemos a ellas con toda fidelidad.

GRACIANO.- Sea así. El primer interrogatorio a que mi Nerissa responderá bajo juramento será, si quiere continuar levantada hasta la noche próxima, o aprovechar las dos horas que nos quedan para ir a acostarnos. Pero si llegara el día, quisiera que fuese de noche, a fin de poder acostarme con el escribiente del doctor. Bien, durante toda mi existencia en nada pondré tanto celo como en conservar a salvo el anillo de Nerissa. (Salen.)

FIN